星に願いを

鈴木　るりか

小学館

星に願いを

目次

金の星

「スイス銀行ってどこにあるんだべ？」

「そりゃスイスに決まってんじゃろ」

「いや日本に支店はあんのかなって思ってさ。スイス銀行東王子《ひがしおうじ》支店とか」

「聞いたことねえ、つーかあるわけねえ。あったとしてもこの辺の人が利用できるとは思えん。あそこはとんでもない金持ちでないと、口座も開けんらしいわ」

「ふえぇ、そうなんだ。しっかしこういう場合、いつも『報酬《ほうしゅう》はスイス銀行の口座へ』ってなるわな。殺しの報酬は、ほぼスイス銀行。間違っても『西巣鴨《にしすがも》信用金庫へ』って話にはならん」

木曜日の午後。中間テストの最終日を明日に控え机に向かっていると、ふすま一枚隔てた向こうから聞こえてきた母と大家のおばさんの会話。ふたりはテレビ東京《とうきょう》の午後のロードショーを観《み》ているらしい。音声からすると、殺し屋が主人公の洋画（九〇年代前半のおそらく劇場未公開作品）のようだ。そこからスイス銀行の話題になった。

「スイスって何語だべ？」

「そりゃスイス語じゃろ」

ハズレ。スイスの公用語は、ドイツ語、フランス語、イタリア語、ロマンシュ語。スイスの人ってみんな四カ国語しゃべれるんだろうか。

「スイス銀行の粗品って、ものすごーくいいもんなんだろうなあ」

「そりゃあこの辺の信金がくれるような巻きがうっすーい、すぐになくなるラップと違って、一キロメートルぐらいあるやつじゃないかね？」

「なんか使いにくそうだけど。重そうだし。でも銀行名入りのタオルもきっと上等なやつだろうねえ」

「そりゃそうじゃろ。この辺の信金がくれるようなすぐに毛足がボッソボソになるようなへぼタオルと違って天使の羽ぐらいふわっふわのタオルだろ。そしてゴルゴ13の家には、スイス銀行のラップとタオルが山ほどあるっ。もう一生かかっても使い切れんくらいにな」

どははははは、というふたりの爆音のような笑い声でふすまが振動した（気がする）。

「スイス銀行に勤めてる人は、さぞかし給料がいいんだろうなあ」

「当然よ。まあ普通の銀行員の倍、いや五倍はもらってんじゃないかね」

「いいなあって言ったたって私らがそんなとこで働くなんて、天地がひっくり返ったとしてもありえない話なんだけど、お掃除のおばちゃんでいいから、なんとか雇ってくんないべかね」

「スイス銀行のトイレってどんなじゃろ」

「個室が多分この部屋より広いんでないかね？　そんで便器が純金でできている」

「金でできた金隠《きんかく》しか。木を隠すには森に、金を隠すのは金で、ってか」

金隠しって和式便器のことじゃなかったっけ。スイス銀行に和式便所はないと思うけどなあ。

「で、芳香剤がシャネルの五番で、トイレットペーパーが絹のようにやわらかい。いや、もはや絹だ。絹で拭《ふ》いとるんじゃ」

「絹じゃ使うたびトイレが詰まるよ。いくらスイス銀行でもそれじゃかなわないべ」

「そこは大丈夫。ちゃんと専属のスポスポ係がいるから。便所スポスポを常に携帯している係の人が毎回スポスポしてくれるから平気。このくらい当然。だってスイス銀行だから」

どこまで広がるんだろうこの話。

「あるとこにはあるんだよなあ、お金って。ところで最近よく聞く仮想通貨ってなんだか知ってる?」

「そりゃ仮想ってつくんだから実際にはないんだけど、仮にあると想像してみるお金のことじゃないかね」

「は? そんなことしてなんになるのさ?」

「お金があると想像して心に余裕を持たせるとか? ほら、あれだよ、イマジン、想像してごらん、人が想像できることは実現するんだよって外国の人が言ってたじゃないか」

ジョン・レノンのことだろうか。

「こうなるといいな、って心に描くと実現する確率が高くなるって聞いたことない? 成功者はみんなそうしてるらしいで。イメージトレーニングとかいうらしいわ。だからさ、目ぇつぶってみ。そしてイマジン、想像してごらん、自分がスイス銀行の口座に腐るほど金がある大金持ちになったところを。イマジン、想像してごらん、ここはトランプタワーの最上階、ペントハウスなんだと」

「無理無理。トランプタワーの最上階なんて、ひとかけらも想像つかんよ。見たことも聞いたこともないんだもん。もちょっと身近なとこでお願いしやす」

「じゃあ六本木《ろっぽんぎ》ヒルズあたりでどうじゃ？」

「それでも無理。そんなとこ知り合いもいないし、前を通ったこともないんだから。あっち方面に行く用事すら全然ないし」

「はっはっはーっ。私はあるで。六本木ヒルズからけやき坂通りをずっと歩いたことがあるでっ」

「なんでそんなとこに行ったのよ？」

「親戚《しんせき》の婆《ばあ》さんが溜池山王《ためいけさんのう》の病院に入院しててさ、一度お見舞いに行った帰りにせっかくだから足を延ばしてみたのさ。まああの辺はここらと全然違うよ。けやき坂通りには、ハイブランドの店がズラーッと並んでるんだわ。ヴィトンとかアルマーニとかグッチとか」

「ひーっ、なんだか歩いてるだけで銭取られそうじゃ」

「はん、歩くはタダじゃ。そんでヴィトンの店の前を通った時、ちょうど中から紙袋をいっぱい提げたイメルダ夫人みたいなマダムが出てきてさ、ドアを開けた背の高い男の店員さんが恭《うやうや》しく頭を下げとった。チラッと見たけど、ああいうとこで働いてる人は、男も女もモデルみたいに綺《き》麗《れい》なんだわ。もうそれだけで緊張するね。まあ私らは一生足を踏み入れることはないと思うけど、もし間違って入ったりしたら最後、二度と出てこられん気がするわ」

「おっそろしいとこじゃのう」

「そんなとこに平気で入っていけるのは本物の金持ちじゃ。百万円が私らの千円ぐらいの感覚じゃないのかね。レートが違う」

「同じ時代、同じ国に生きてんのにのう。莫大《ばくだい》な資産を所有してる人はその利子だけで一生贅沢《ぜいたく》して食っていけるって言うしね。金が金を生むんじゃね。羨《うらや》ましい」

「だからそこで仮想通貨なんだよ。ほれ、イマジン、想像してごらん、自分が有り余るくらいの金を手にしているところを。そしてここは六本木ヒルズなんだと」

「だから六本木ヒルズでも無理なんだわ。そこの暮らしぶりなんか想像つかない。ヒルズって言ったら、血を吸うほうのヒルしか思い浮かばねえ」

「ヒルがたくさんいるから、複数でヒルズか」

「すごい。英語わかんの?」

「英文科出てっから」

「えっ、そうだったの?」

「ウソに決まってんだろ。ホントはセツブン科じゃ」

「セツブン?　フツブン科ってのは、なんとなく聞いたことあるけど」

「鬼は外の節分じゃ」

「豆まきかよっ」

またふすまが振動したかと思うほどの大笑い。

「でもヒルはマジで怖い。ヒルに血ぃ吸われると、なかなか止まらないんよ。子供の頃父親と山歩きしてたら、父親のふくらはぎに知らん間にヒルが吸いついてて、血だらけになってたんよ。吸われてても痛くないから気がつかなかったんだって。で、ヒルは血が止まらない成分を出しながら血ぃ吸うから、もう血がだらだら流れ出て、穿《は》いてた白い靴下が真っ赤っか」

「ヒル、こえぇ。ヒル、最恐《さいきょう》」

話が気持ちの悪いほうに行きそうなので、ふすまを開ける。

「あら花《はな》ちゃん、おばさんたちの声、大きかったかね。試験勉強の邪魔しちゃった？」

「それは大丈夫なんだけど、仮想通貨っていうのは、ネット上でのみ流通する、お札や硬貨じゃない公的金融機関を媒介しない通貨のことだよ」

「ん？」

おばさんと母、揃《そろ》って同じ角度に首をかしげる。

「だからね、ビットコイン、デジタル通貨って言って――」

「ああ、要するに本物のお金じゃないってことか。なんだよ、騙《だま》された」

母がぷっと膨れる。

「別に騙されたってことでは――」

「しかし花ちゃんはよくものを知ってるね。大したもんだよ。昔っから賢い子だったもんね。高校受験も楽勝さね。明日はなんのテストがあんの？」

「英語と理科だよ」

「ああ英語、英語は大事だよ。これから世に出ていく人は、やっぱり英語だよ。スイス銀行に入るのだって英語は重視されるだろ。多分スイス銀行の筆記試験は英語じゃないかね。なんてったって世界の公用語なんだから」

「なんでスイス銀行に――」

「だってあそこは給料がいいから。大丈夫、花ちゃんなら入れるよ。そんでお母さんにラクさせてやんな。そうなったら真千子《まちこ》さんも安泰だ。ねえ」

「うん。で、スイス銀行の巻きの厚いラップと上等なタオルをくすねてきてくれ」

「ついでにおばさん家《ち》の分もお願い」

私を拝むようにして手を合わせる。ほとんど戯言《たわごと》だが、もしかしたら本気で言っているのかも、と感じさせるところがこのふたりのスゴいとこだ。

スイス銀行はともかく、言われなくても英語はしっかり力を入れて勉強している。受験科目の中でも、特に英語は重要だって先生が言っていたから。

「でもスイス銀行の粗品は、ラップやタオルじゃないと思うよ」

そう言ってふすまを閉めると、明日のテストで出そうな英単語の確認をした。

「これ、なんて書こうかなあ」

放課後の教室で佐知子《さちこ》がＡ４の用紙を手に言う。

中間試験が終わったあとに配られた進路調査のプリント。将来希望する職種や志望校を書く欄がある。教室には私たちしかいない。初夏の明るい風が白いカーテンを膨らませている。吹奏楽部の演奏が小さくなったり大きくなったりして聞こえてくる。

「今の時点で将来就きたい職業とかはっきり決めてる人なんかそんなにいないと思うよね。石井《いしい》みたいなやつはともかくさあ」

石井君は弁護士志望の男子で、二年の時同じクラスだったが、三年で別のクラスになった。真面目《まじめ》で成績優秀だがどこかズレている石井君を、なぜか佐知子は妙に毛嫌いしている。確かに石井君には人をイラッとさせるようなところがあるが、基本善《よ》い人間だと私は思っている。佐知子とは三年間同じクラスになれてよかった。クラス分けの際、仲のいい子同士は故意《こい》に離されるという噂《うわさ》があったが、そういうわけでもないらしい。

「私はスイス銀行に就職しなよ、って言われたよ」

「なにそれ？」

家での昨日のやりとりを話すと、大ウケする。

「でも花ちゃんは頭いいからホントに入れるかもよ、スイス銀行。私はどっちかって言うと利用する側だな。ゴルゴみたいなスナイパーになりたい。あんなふうに独りで生きていけるだけの財力と精神力が欲しい」

思いのほか真剣な顔で言う。以前ふたりで起業するとか、漫才コンビを組むとか言っていたが、あの話はどうなったのか。スナイパーよりは、起業とか漫才コンビのほうがまだ現実味がある気がする。将来希望する職業の欄に「スイス銀行行員」だの「スナイパー」だのと書いたら、間違いなくふざけていると思われるだろう。

「なんでスナイパー?」

「だって身ぃひとつでできそうじゃん」

「そうでもないでしょ。ゴルゴは立派なケースに入った組み立て式の銃を持ってるよ。あんなのどこで売ってんのよ? すっごく高そうだよ」

「さすがにビバホームでも売ってないか」

「売ってるわけがない」

ビバホームは三ヶ月ほど前、近くに開店した大型ホームセンターだ。私が生まれる前は油脂工場だったという広大な跡地は、長いこと草ぼうぼうの空き地だったが、いつの間にか大規模な工事が始まり、これまた長い時間がかかったが、この春、華々しくビバホームが開店したのだった。

オープン初日先着三百名に紅白饅頭《まんじゅう》を配るというので、私と母と大家のおばさん、それにその息子で去年ニートからフリーターに昇格した賢人《けんと》も叩《たた》き起こして行列に並ばせ、無事紅白饅頭を四箱ゲットしてきた。饅頭はしっかりした箱に入った老舗《しにせ》のものだった。

「苦労して手に入れたと思うと、ますますうまい」「それがタダだと思うとさらにうまい」と、母とおばさんは満足そうに言い合って食べていた。

母はテレビで便利グッズの紹介をしていると「これ、ビバホームにあるわ」となぜか勝ち誇ったように言い、初めて目にするものでも「これ、探せばビバホームにあるわ」と確信に満ちた声で言い、置いていないものでも「そのうちビバホームに入るわ」と言った。この世のすべてのもの（食品以外）は、ほぼほぼビバホームで賄《まかな》えると思っているらしい。おばさんもそうだった。

「ああいう店が近くにできてくれてありがたいねえ」「まったくだよ。本当に助かるよ。よかったよかった」とふたりでしみじみありがたがった。幸せは自分の心が決める、というのは本当らしい。

確かにビバホームが私たちの暮らしに変化をもたらしたことは事実だった。春先、賢人の部屋（私たちの住む一階の部屋の真上。すぐ隣に実家があるのに、いろいろあって賢人はここに巣くっているのだった）の網戸が外から見てもふかふか浮き始め、風が吹くと波打っていた。網戸も古くなるとあんなふうになるんだなあ、と目にするたび母と笑っていたが、そのうち一箇所でかろうじてつながっているだけの状態になり、ある日一晩中強い風が吹き荒れた翌朝、ついにその網が吹きちぎられて隣の敷地にまで飛んでいってしまった。いくら賢人でも網なし網戸ではむごいだろうということになり、張り替えてやろうという話になった。

「そういえば張り替え用の網、巻いてるやつ、ビバホームにあったわ。あれでやれば自分で張り替えられるらしいね」

おばさんの言葉に、

「ああそれ見たことあるわ。ほかの部屋ならちゃんとプロに頼んだほうがいいと思うけど、賢人のとこならそれで十分じゃね？　私が買ってきてやってみるよ」

と母が請け負った。

母は早速ビバホームに行き、売り場で店員さんに網戸の張り替え方を尋ねると、親切にも店員さんは紙に図を書いて説明してくれ、ほかに張り替えに必要な道具、ローラーやゴムパッキンも揃えてくれた。

賢人の地獄部屋（母とおばさんは賢人の部屋をこう呼んでいる。「地獄のように恐ろしいほど汚いから」らしい）から網戸を外して一階に運び、新聞紙を敷いた上で店員さんに書いてもらった紙を見ながら母が作業を進めると、三十分もしないうちにきれいに張り替えることができた。

「あんたやっぱり器用なんだわ。見事なもんだ。こっちの道でも食っていけるんじゃないかい？」

おばさんはたいそう喜んでお礼だと言い、銘菓の黒糖どら焼き詰め合わせを持ってきたから、結局費用はプロに頼んだのとそう変わらなかったのではないか。こっちの道でも食っていける、はお世辞だろうが、母は今の仕事——肉体労働をやめたいと思っているのかもしれない、と思うことはあった。母はこのところ仕事を休んでいる。昨日も今日も平日なのに家にいた。そのことを思うと、心に暗い雲がかかる。なにかほかに母に合ったたいい仕事があるといいんだけど。

「そういえばこの前、ビバホームに行ったら新しい仔入《こ》ってたよ。白い柴犬《しばいぬ》。白って珍しいよね。

今度また見に行こうよ」

佐知子の言葉で回想が途切れる。

ビバホームにはペットショップも入っていて、私と佐知子はよくここに仔犬や仔猫を見に行く。もちろん見るだけだ。私のとこはアパートだから飼えないし、仔犬や仔猫はどれも三十万円ぐらいするから買えない。二重の意味で無理なのだ。

佐知子の家は庭付きの大きな一軒家で、お金もありそうだけど「妹が飼いたいって言うんならともかく、私が言ってもダメ。あの家で私の意見が通ったことなんかないんだから」と言う。

佐知子の母親は佐知子が小学校低学年の時再婚していて、妹はそのあとに生まれた。新しい父親も悪い人ではないらしいが、家の居心地はよくないようだ。一刻も早く家を出たがっている。そのためには資金が必要で、だから起業するとか漫才コンビを組んで賞レースに出るとかスナイパーになるなどと言っているのだ。

「ペットショップの店員さんもいいなあ。私、動物好きだしさあ。トリマーとかさ、いろいろ動物のお世話する人」

「いいね。うん、佐知子に合っている気がする」

少なくともスナイパーよりは。

「その前に高校だよね。私、花ちゃんと同じ高校なんて絶対無理じゃん。絶望的に無理じゃん」

「そんなことないよ、今からでも頑張れば」

「無理無理無理。それは自分でもよくわかってんの。馬鹿でもそういうことはわかるの。やっぱ器というか能力には限界があんの。一生懸命覚えようと教科書やノートを見ても全然入ってこないのよ。覚えたと思っても次の日にはきれいさっぱり忘れちゃうんだから。この消去力、なんなのかって思う。頭の大きさは人並みだから、それなりに脳みそは入ってると思うんだけど、ちょっと難しいことを耳にするとモヤがかかったみたいに頭がぼーっとしちゃって、先生の声が遠くで聞こえるみたいになるの。こういうのを頭が悪いっていうのかもしれないけど。だから花ちゃんとはもうデキが違うのよ」

「そんなことないって」

「いやいやあるって、マジで。でもまあ、こんな私でもそれなりに受け入れてくれる高校はあると思うけど、確実なのは花ちゃんとは別の学校ってことだけ。世の中には仕方がないことっていっぱいあるけど、これもそのひとつ。ただこの三年間、花ちゃんと同じクラスで同じ部活で仲良くなれたことはよかった。花ちゃんと友達になれてよかった。もう花ちゃんみたいな友達はできない気がする」

「そんなことないよ、高校に行ったら行ったで、また新しい友達がすぐにできるよ」

「できないよ。花ちゃんみたいな友達は無理だよ。友達は花ちゃんひとりでいい。ほかにいらない。なんならこの先ずっとぼっちでもいい。あの人も友だち全然いなさそうだし」

「あの人？」

「ゴルゴ13。あの人、友達なんかいなくても全然平気そうじゃん？　全然寂《さび》しくもなさそうだし」

「そ、そうかな？　いやあのお方を基準にされても」

「あの人、ぼっちで世界中どこにでも平気で行くじゃん？　ああいう強い人になりたいんだよ」

ああそういうことかと納得する。

教室の後方で扉が開く音がした。香川《かがわ》君だった。

「なに？　忘れ物？」

佐知子が気軽に声をかける。

「うん、帰りに配られたプリント」

香川君が自分の机の中を漁《あさ》る。

「まっじめー。提出は今週中でいいのに」

「でも早めに親と相談しといたほうがいいから。こっちの高校とかよく知らないし」

香川君は中三の四月に千葉《ちば》から越してきたのだ。

「大変だよね、中三で転校って。高校のことでわかんないことがあったら、なんでも聞いてよ」

佐知子が胸を張る。香川君は佐知子のお気に入りなのだ。色白でほっそりしていて背が高い。

転校初日、アイドルグループの誰々に似ているとかで、女子がざわついていた。その上明るくて話しやすいので、女子人気が急上昇している。

「田中《たなか》さんはやっぱり都立が第一志望？」

急に振られてどきりとする。

「え、あ、うん、一応」

どぎまぎしながら答えると佐知子が「私は都立でも私立でも入れてくれるとこがあればどこでもっ」と被《かぶ》せるように言う。

「僕もできれば都立、いやできればじゃなくて絶対だな。私立はいろいろ大変だから」

香川君は親が離婚してこっちに越してきたという噂だった。母親とふたり暮らしらしい。それもあって私は勝手に親しみを感じている。

「うちもそう。私立は多分、いや絶対無理」

佐知子がひょっとこみたいなおどけた顔で私たちを交互に見る。

「あー、なんか今、ふたりしてシンパシー感じてない？」

「なにそれ？　もー変なこと言わないでよ。ねえ」

同意を求めるように香川君を見て言うと「だからそういうことなんだってば」と佐知子が肩をぶつけてくる。

「もぉ、なんなん？」

「このっ、このっ」

懲りずになぜか今度は肩を揉《も》んでくる。

「くすぐったい。やめてーっ」

身体《からだ》を躱《かわ》して逃げると、担任の小野《おの》先生が入ってきた。社会科担当で四十代ぐらいの男の先生だ。時々猫や小鳥柄のかわいいネクタイをしてくる。奥さんの趣味らしい。

「まだ残ってたのか。用事がないならもう帰りなさい」

促されて三人で教室を出る。


「香川君って絶対花ちゃんに気があると思うわー」

「えええっ、そうかなあ」

ふたり並んで歩きながら帰る道。香川君の家は途中まで同じ方向で、ひとつ前の四つ角で別れた。

「いいと思うよ、香川君。少なくとも石井よりは百万倍いい」

「なんで石井君が出てくるの？　それより佐知子のほうこそ香川君が気になってるんじゃないの？　転校してきた時から、かっこいいって騒いでたじゃん」

「それはファンみたいなもんだから。別にどうこうなろうとは思ってない。でももしふたりがつきあうのなら、私は花ちゃんを通じて香川君を感じたいと思う」

「え、それどういう心理？　なんかちょっと」

「なに引いてんだよっ」

また肩をぶつけてくる。おかしくて笑う。別に大しておかしくはないんだけど、笑いが止まらない。

「いや本当に。私が花ちゃんのほうを見ると、香川君も花ちゃんを見てるってことが度々《たびたび》あんのよ」

「ええっ、知らんかった」

「だからさあ、絶対そうだと思うよ」

「そ、そうかな?」

胸のあたりが羽でくすぐられたようにほわほわする。落ち着きなく視線を彷徨《さまよ》わせた先に紫陽花《あじさい》があった。私が好きな濃紺の紫陽花。この先、いいことが起こるような予感でいっぱいになって思わず息を深く吸い空を仰ぐ。こんな時に見る空は特に綺麗だ。ほわほわを大事に包み込むようにして家に帰る。


人の予感なんてアテにならない。いい気になって脳天気に過ごしていた私をあざ笑うかのように、それは起こった。これまでの経験から、調子に乗って浮かれていると、足をすくわれて無様にすっ転ぶんだってことは知ってたはずなのに。

五時間目の国語が始まってすぐだった。副校長が深刻な顔で教室に入ってきた。どきりとする。こういうことは今までにもあった。そう滅多にあることではないけれど、大抵よくない知らせ――生徒の身内が亡くなったとか、誰かの自宅が火事になったとか――なので、一瞬にして教室が不穏な空気に包まれる。副校長が国語の竹山《たけやま》先生に耳打ちするようにしてなにか話すと、ふたりがほぼ同時にこっちを見た。

え、私？

「田中さん、ちょっと」

教室中の視線が私に集まる。心臓が破裂しそうなくらい大きく鳴る。

嘘《うそ》、まさか。

竹山先生が手招きの仕草をする。

頭では受け止めきれていないのに、体は操られているみたいに立ち上がって前に歩いていった。

「お母さんが、道で転んで怪我《けが》をしたとかで今病院にいるんだそうだ。迎えの人が来るそうだから、今日はこのまま早退しなさい」

副校長がみんなには聞こえないくらいの小声で言う。「はい」と頷《うなず》く。

転んで怪我、病院。怪我、お母さんが。どうして、なんで。

頭がぐわんぐわんする。喉《のど》が熱い。クラス中の視線を全身に感じながら席に戻り、机の上を片付け始める。バカみたいに手が震えて鉛筆や消しゴムをペンケースにちゃんとしまえない。何度か取りこぼす。隣の席の青木《あおき》さんが手伝ってくれた。カバンを持って顔を上げると、前方の席の佐知子と目が合う。私が知っている一番困った時の佐知子の顔。反射的に笑いかけようとしたが、頬《ほお》の筋肉がこわばってわずかに唇がヒクついただけだった。視界の隅で香川君の存在を感じたが、首が固まったように動かない。前傾姿勢で教室を出る。歩いている感じがしない。教室の外には、保健室の先生がいた。

「知り合いの方がお迎えに来るそうだから、それまで保健室で待っていて」

背中にやさしく手を添えられる。

知り合いと聞いて咄嗟《とっさ》に大家のおばさんが浮かぶ。だが現れたのは賢人だった。ニートだった頃よりは、身なりに気を使うようになった賢人だったが、それでも迎えに現れたのが若い男だったのですんなりとはいかず、賢人は数人の先生方に囲まれて「本当に知り合いなのか」「どういった関係か」「平日のこんな時間になぜいるのか。仕事はなにをしているのか」と質問攻めにあい、挙句「身分証を見せて欲しい。マイナンバーかなにか」と言われる始末だった。

賢人が「そういうのなんにも持っていない。玉将《ぎょくしょう》のメンバーズカードならあるけど」と真顔で答え、「ほれっ」とばかりに餃子《ギョーザ》が描かれたカードを突き出したので、先生たちを『なんだ、こいつ』という空気にさせた。私も、この人は今住んでいるアパートの大家さんの息子で、本当に知り合いなんだと説明したが、体育の先生が「いや、そもそもお母さんが怪我をしたっていうのも本当なのかね？　この子を連れ出すためにそんなことを言ってるんじゃないの？」と詰め寄り、それを聞いた保健室の先生が「ちょっと失礼、いいですか？」と言い、賢人の返事を待たずに、賢人の顔にスマホを向け写真を撮った。

「なんかあった時のために」とあとから付け足すように言ったが、なんかあった時、ってどんなことを想定しているのか。

結局賢人が病院にいるおばさん（おばさんが母に付き添ってくれていたのだ）に先生から借り

たスマホで連絡を取り、先生とおばさんが直接話をしてようやく落着した。

「ごめんね、なんか。先生たちにいろいろ言われて」

校門を出たところで賢人に言うと、

「いやあ別に。今の時代、あれくらい慎重になったほうがいいんだろ」

と、かなり失礼な対応をされたと思うのに、当の本人はさほど気にしていないようだった。こういう鷹揚《おうよう》さは賢人の数少ない美点だ。

「それより病院に急ごう。タクシーで来るように言われてるから」

「でもお金」

「大丈夫、それもおふくろからちゃんと預かってるから」

通りに向かい、賢人が手馴《てな》れた仕草でタクシーを止める。促されて先に乗り込む。

「岩淵《いわぶち》病院までお願いします」

行き先を告げる賢人に初めて頼もしさを感じた。やっぱり大人なんだと思った。

「岩淵病院？　ちょっと家から離れてるね」

「そこしかなかったんだって、受け入れてくれるとこ。救急車で運ばれた時」

救急車と聞いて心臓が冷える。

「そんな大怪我なの？　救急車で運ばれるくらいの」

「いや、怪我自体はそれほどでもないらしいけど、ひったくりに遭ったとかで、そのことで警察にいろいろ聞かれてるみたいで」

「ひっ、ひったくり？　ひったくりに私のお母さんが遭ったの？　それで転ばされたの？　お金盗《と》られたの？　なんでっ、なんでお母さんが」

悲鳴に近い声になる。運転手さんがバックミラー越しにちらっとこちらを見たようだが、今はそんなことを気にしていられない。

「う、うん。俺も詳しくはよくわからないんだけど、そう聞いてる」

ひったくり。怪我。お金も盗られた。腹の底から震えが来た。背中に悪寒が走る。どうしよう、どうしよう。恐ろしさで寒気がして、半袖《そで》から伸びた賢人の腕を摑《つか》む。手が震えて仕方がない。

「大丈夫だよ、大丈夫だよ」

賢人が私の手の上に、もう片方の自分の手を重ねる。

怖い、怖い、怖い。助けて神様。私の寿命を五年、いや十年削ってもいいから、お母さんを助けてください。

病院に着くまで、外の景色も見ずにずっとうつむきながら、ただただ祈った。

母は処置室のベッドに寝かされていた。おでこに大きな絆創膏《ばんそうこう》が貼られ、左腕には包帯が巻かれている。

「お母さんっ」

思わず駆け寄る。ベッド脇《わき》の丸椅子に腰掛けていたおばさんが立ち上がる。

「へへっ、こんなんなっちゃった」

母が包帯を巻かれた腕を上げ、弱々しく微笑《ほほえ》む。

「お母さんっ」

喉の奥が詰まって、言葉が出てこない。

「うんうん、びっくりしたよね、心配したよね、花ちゃん。でももう大丈夫、大丈夫だからね」

おばさんが私の背中をさすりながら言う。

「ちょっと前に警察の人が来て、ちゃんと話したから大丈夫だよ。おばちゃんからも『犯人、絶対に早く捕まえてください』ってよーくお願いしといたから大丈夫だよ」

詳しく事情を聞くと、今日も仕事が休みだった母は、午前十一時頃買い物に行こうと道を歩いていた。するとスクーターに乗った男が後ろから来て、追い抜きざまに母の肩掛けバッグに手をかけた。母は咄嗟にバッグを引っ張り返したが男も放《はな》さず、さらに強く引っ張られた勢いで母は転倒し頭を打ったらしい。その隙に男はバッグを奪って逃走。これを目撃していた近所の主婦が警察と救急車を呼んでくれたという。

病院で連絡先を聞かれた母は、大家のおばさんの電話番号を伝え、連絡を受けたおばさんが合鍵で部屋に入り、保険証など必要なものを持って病院にタクシーで駆けつけた。それで私のお迎えは、賢人がすることになったのだという。

おばさんが来てくれていたらすんなり引き渡されたのに、と思っていたが、そういうことなら仕方がない。

「まったく踏んだり蹴《け》ったりだよ。こんな怪我した上に銭まで取られて。そういう時は、手を放したほうがいいですよ、命のほうが大事ですからね、って警察の人にも言われちゃったよ」

いつも通りの声で言う母だったが、包帯から黄色い薬品のようなものが滲《にじ》み出ていて、それを見たらまた涙が出てきた。

「花、もうそんなに泣かなくていいよ。お母さんも迂闊《うかつ》だった。車道側にバッグを持っちゃいけないっていう警察からのお知らせ、回覧板でもしょっちゅう目にしていたのに、これまで大丈夫だったから、っていう甘い考えがあったんだよ。これまで大丈夫だったからって、今日も大丈夫って保証はないのに、馬鹿だねえ。でもこの程度で済んでよかったよ。まあ人生の授業料だと思って、これからは二度とないように気をつける、慎重になるよ」

「い、いくら盗られたの？」

「んーと、三万」

「えっ、三万円っ」

「ちょうど前の日に今月の生活費おろしたばっかで、それが丸々入ってたんだよね。いつもならそんなに持ち歩かないんだけど、新聞代の支払いやら保険料の振込とか買い物ついでにしようと思ってたから、まんま入れといたんだよ。そういう時に限って」

「そう、そういうのあるね。そういう時に限って、っていうの。空身《からみ》で歩いてる時は、なんにも起こんないのに。まったく世の中には悪いやつがいるから」

おばさんが洟《はな》をすする。

「すんません、おばさん。でも家賃はちゃんと入れますから」

「なに言ってんだよ。もう家賃なんか今月はいいよ。いらないよ」

「いやいくらなんでもそういうわけにはいかないんで。いろいろ迷惑もかけちゃったし」

「そんな水臭いこと言わんでいいよ。もう全部ひっくるめて、お見舞いってことで、いいんだよぉ」

おばさんはとうとう泣き出して、鼻を盛大にフガフガさせた。

「バッグには、スマホとかほかになにか大事なものは入ってなかったんですか？　財布にカードとか免許証とか。もし入ってたなら早めに手続きしないと」

賢人が極めて真っ当なことを言うのでちょっと驚く。

「あ、それは大丈夫。スマホはスマホケースに入れて首から下げてたけど、それは無事だった。バッグは財布以外にはティッシュとタオルしか入ってなかったし、昨日お金をおろしてから家に帰ってすぐにカードと通帳はそれぞれ別の入れ物に保管して押し入れの奥にしまったから。いつもそうしてんだ。免許証は必要な時しか持ち歩かないし、クレジットカードは元々持っていないし、財布に入ってたのは現金とビバホームの会員カードぐらいで」

「えっ、ビバのカードがっ」

「でもそれも大丈夫。ついこの前、ポイント全部使い切って花の水筒買ったんだよね。サーモスのいいやつ。これから暑くなるからさ、ちょっといいの奮発したんだ。高校行っても使えるように」

そうだったのか。でもそれ聞いちゃうと、その水筒を使うたびこのことを思い出しそうだな。

「いつもはポイント貯《た》めとくんだけどさ、なんかその時は、使ったほうがいいような気がしたんだよね。こういうの虫の知らせっていうのかね。それはホント不幸中の幸い」

ふへへへ、と母が笑う。その虫の知らせ、今日もあって欲しかった。

「なんだよ、この人は。笑えるんなら大丈夫だねっ」

おばさんが泣き笑いの顔で言う。そこへお医者さんが入ってきた。短髪の若い男の人だ。

「すいません、お待たせしました。検査の結果ですが、頭のほうは打撲による出血だけで、脳や骨の異常はありませんでした。腕の怪我も骨にひびなどは入っていません。今日はもうお家に帰られて結構ですよ。痛み止めを出しておくので、今夜痛むようだったらお飲みください」

救世主に見える。

「ありがとうございました」

心からお礼を言う。おばさんも肉厚の背中を丸めて幾度もお辞儀しながら、

「ありがとうございます。本当にお世話になりました」

と繰り返した。

ベッドから起き上がった母はひとりで歩けると言ったが、私が手を貸すと握り締めてきた。母と手をつなぐのは久しぶりで、懐かしい感触だった。

私たち三人はタクシーで帰ることにした。誰かが前に乗れば、四人で乗れないこともなかったが、おばさんは賢人に千円札を渡し「あんたは電車で帰っておいで」と言った。頷きながらニヤリとした賢人を見て「こいつ、歩いて帰ってくるつもりだな」と直感した。家までは結構な距離があるが、賢人ならやりかねん。暇のあるやつにはかなわない。

三人でタクシーの後部座席に乗り込む。後部座席の定員は三名だが、なにせおばさんが二倍近く幅を取るので、いくら母が痩《や》せているとはいえ、かなり窮屈だった。やはり賢人を別に帰してよかったと思う。賢人も痩せ型だが一応大人なので三人が後ろに乗ったらもっときつかったろう。かといって、前に乗るのも賢人は嫌がりそうだ。そんなことを考えているうちにタクシーが走り出す。

「あ」

「どうした？　花」

「私、タクシー乗ったの今日が初めてだった。来る時は余裕なくて全然気がつかなかったけど」

「そう言われてみればそうかあ」

「残念。もっといいことで乗りたかったなあ」

「じゃあ次はいいことで乗ればいいんだよ。そうだ、どこか旅行に行ってタクシーで観光しようよ。嫌なことがあったら、いいことで上書きすればいいいさ」

「そうそう、こうなりたいなあ、こうしたいなあ、って想像すると現実になるって言うからね。

人が想像できることは実現するんだって、外国の人が言ってたよ」

「ジョン・レノンでしょ」

「江戸時代に日本からアメリカに行った人だっけ?」

「それはジョン万次郎。ってこの人は日本人だからね。ジョン万次郎も立派な人だけど、ジョン・レノンはもっと世界的に有名だから」

「やっぱすごい人なんだね。じゃあなお一層イマジンに励むべ。さあイマジン、想像してごらん、ここは五ツ星ホテルに向かうリムジンの中なんだと」

「五ツ星ホテルじゃなくて、五ツ星アパートね。天井穴から星が五つ見えるアパート」

「そこまでボロじゃないだろうがよ、花ちゃんよ」

車内に笑いが溢《あふ》れる。

「でもひったくりも、なにも私からお金盗ることないじゃん。もっとお金持ちの、それこそスイス銀行に口座があるような大金持ちから盗ればいいのに。そんな人たちは三万円なんてきっと痛くも痒《かゆ》くもないよ。ウチにとっちゃあ命金《いのちがね》なのに」

「たとえお金持ちからでもお金は盗っちゃダメだよ」

「それはそうなんだけど。でもやっぱりお金って力だね。生きてくための。お金がすべてってわけじゃないけどさ、人生のある程度の問題や不安は解決、解消できるんじゃね?」

「そうでもないべさ」

おばさんが身を乗り出す。シートベルトが三段腹にくい込む。

「お金も、あればあったで大変だよ。莫大な財産があったりしたら、親族間で諍《いさか》いの元になるよ。骨肉の争いってやつ。この前テレビでやってたけど、グッチんとこなんか大変だったんだよ」

「グッチってグッチ裕三《ゆうぞう》？」

「違うわ。そりゃあの方のお家もお金はあるだろうけど、そうじゃなくてイタリアのファッションブランドのほうのグッチじゃ。『ハウス・オブ・グッチ』のグッチじゃ」

「ああ、あっちのグッチね」

「そう、そっちのグッチ。どっちじゃ。とにかくグッチ家の巨万の富をめぐって親族同士が裏切るわ、陥れるわ、謀《たばか》るわの大騒動で、とうとう殺人事件にまで発展しちゃったっていうんだから怖い怖い。有り余るほどの財産ってのも考えもんだよ」

「その点ウチなんか金もないし親族もいないから気楽なもんだ」

「そうそう、お金の代わりにその気楽さを享受してると思えばいいのさ。モノは考えようだよ」

「じゃあもうイマジンしなくていいか」

「それとこれは別。イメージトレーニングは大事。イマジン、想像してごらん、ここは五ツ星ホテルに向かう——」

「想像する間もなくもうじき着くよ。ほら五ツ星アパートが見えてきた」

「今度銀紙で作った星、五つ入り口に貼っといたるわ」

車内がまた笑いに包まれる。学校から病院に向かったタクシーの中とは大違いだ。こんなふうに笑えるのも、怪我がこの程度だったからだ。

それでも家に帰ると疲れがどっと出た。母は尚更《なおさら》だろう。明かりの下で見ると目の下に濃い隈《くま》ができている。まだ痛みもあるだろう。

おばさんが「今夜は作るのが大変だろうから」と言ってカツ丼の出前を取ってくれた。野菜がなかったので、冷蔵庫にあったトマトを私が切って出す。うちの部屋で三人、食卓を囲む。賢人の分がないことをちらっと思ったが、案の定まだ帰ってきていない。あの千円で餃子でも食べて、ぶらぶら歩いて帰ってくるのかもしれない。おばさんもそんなのは先刻承知なんだろう。

「怪我して血が出た時は、肉が一番効くんだよ。血は肉で補う。肉食獣はみんなそうしてんだから」

言いながら、怪我もしてない、肉食獣でもないおばさんが特盛りカツ丼をがっつく。

「左手でよかったよ。右手だったらメシ食べんのも難儀するとこだった。運がよかった」

片手だけでもハイペースで食べ進める母が言う。

運がよかったらそもそもひったくりになんか遭わなかったと思うが、神妙に頷いておく。

「あ、そうだ、タクシーの中でグッチの話題が出た時、そういえばウチにもグッチのものがあったこと、思い出してさ、さっきタンスの奥から引っ張り出してきたんだよ。財布なんだけど、これこれ」

おばさんが愛用しているド紫の巾着袋《きんちゃくぶくろ》から白い箱を取り出す。箱には大きくGUCCIとある。

「え、すごい、グッチ持ってるなんて。六本木ヒルズのマダムじゃん。そんなもん、どうしたのさ」

「もう二十年ぐらい前に信金の旅行で香港《ホンコン》に行った時、買ったんだよ。以来ずっと大事にしまっといたんだ」

得意気な顔のおばさんが箱から長財布を出す。母がおしぼりで手を丁寧に拭いてからそれを受け取る。私も覗《のぞ》き込む。ベージュの地に私でも見たことがある、お馴染《なじ》みのグッチのモノグラムが印字されGUCCIと刻印されたメタルプレートがついている。

「すごい。初めて触ったよ、グッチ。さすがに洒落《しゃれ》てるね。素敵だわ」

何度も頷く母だったが、ん？　なんか違和感が。

「ねえ、これGじゃなくてCじゃない？　この金属のプレート、GUCCIじゃなくてCUCCIって書いてあるよ。見て、このGの下のとこがね、微妙だけど曲がりが甘いっていうか、一見Gっぽいんだけど、よく見ればCだよ。これグッチじゃなくてクッチだよ」

私が財布をおばさんに返すと、

「えええっ、嘘っ？　どれどれ」

おばさんは老眼鏡を取り出しメガネのツルを上下に動かしながら財布に顔を寄せる。母も眉間《みけん》にシワを寄せ寄り目になって財布に見入る。おばさんはもちろん、母も老眼が始まっているのだ。

「ありゃホントだ。こりゃGじゃなくてCだわ。クッチだわ」

「縫製も雑だよ。ほら、ここなんかひどく曲がってる。縫い目がガタガタ。グッチがこんなのありえないよ。うちの家庭科部員だってもっと上手《うま》く縫うよ」

私の言葉に、さすがのおばさんも下唇を突き出してしょげた顔になる。

「おばさん、こんな偽物、どこで売ってたんだよ」

母が問い詰める口調で言う。

「香港の、夜店」

「香港の夜店、怪しさしかないんだけど」

「だってこれ、ちゃんとこの箱に入ってたんだけど」

畳の上に置いてあった箱を手に取る。それは確かにGだった。

「こんなのアテになんないよ。この箱は本物かもしれないけど、中身を入れ替えたんだろうよ。それにこの素材」

母が鼻を近づけくんくん嗅《か》ぐ。

「くっさ。安いビニールのいやーな臭《にお》いがするよ。これ、一体いくらで買ったのさ?」

「んーと、確か三万円だったかな」

「こんな偽物に三万円? これ偽物としても粗悪過ぎるよ。だいたいもし本物だったら、三万円じゃ買えないいんじゃやね? その三倍ぐらいはすると思うよ」

「だから掘り出し物かな、って。お店の人もそう言ってたし」

「そりゃそう言うでしょ、店の人は」

「偽物にしたってもう少し精巧にできてりゃまだしも、これじゃあなあ」

おばさんの眉と唇が同じ角度で八の字になる。

「くうう、本物だと思ったから、大事にしまっといたのに。もういいや、花ちゃんにあげるよ。もう雑に使っていいよ」

「えーっ、いやそれは」

「もらっときなよ、花」

「お母さんこそ使ったらいいじゃない。お財布盗られちゃったんだから」

「いや私らの年代で明らかな偽物使ってるとイタタタタってなるからさあ。でも若い子は笑いを取れるからいいじゃん。友だちに見せたら『すごい、それグッチ？』『ううん、クッチ』『なにそれ、ウケるーっ』ってなるよ」

「でも偽物と知ってて、それを使うこともよくないんじゃなかったっけ」

「えっ、捕まるの？　偽札みたいに」

「いや捕まりはしないけど、偽物を買って使うのは、知らないうちに犯罪に加担してるのと同じなんだって。ブランドの権利や利益を侵害することになるから」

「じゃあもうこんなもん、いらんわ。大事にして損した。くそっ」

おばさんが偽グッチ、クッチを畳の上に放る。

「でも捨てるのももったいないよ」

母が手を伸ばして拾う。

「三万もしたしねえ。三万あったら普通にいい財布が買えるよね」

おばさんの「三万あったら」の言葉にドキッとする。やっぱり三万円は大きい。

「じゃあ花の引き出しの中にでもしまっておけばいいじゃん。外に出さなきゃいいよ。レシート入れかなんかにしなよ」

母がクッチを差し出す。

「うーん、それなら」

「もらってくれる？　ありがとう」

三万円盗られて、三万円の財布をもらう。プラマイゼロか。いや違うか。三万円の価値がない偽物だし。それにしても今日はなにかと三万円という金額が絡んでくる。

「まったくお金を盗ったり騙《だま》して偽物を売ったり、世の中には悪いやつがたくさんいるから、花ちゃんも気をつけるんだよ」

「まあ、私らが一番気をつけろって話だけどさ。この辺でもひったくりが多発してるんだって警察の人が言ってたよ。今月になって私で五人目だって。同一人物の犯行らしいって」

「あんた、顔とか見てないのかい？　スクーターのナンバーとか」

「フルフェイスの黒いヘルメットかぶってたし、ナンバーなんか見る余裕なかったよ。でも若い男だったことは確か。腕の筋肉の感じとか体つきとか。そいつ、女の人や年寄りばっかり狙《ねら》ってひったくってるらしいよ。白いスクーターで黒いTシャツ着てたな」

「弱いもんばっか狙うって、そんなやつ捕まえたら縛り首じゃ。ほんで木からぶーらぶらミノムシみたいにぶら下げてやったらいいワ」

「怖いんだよ、言うことが」

カツ丼を食べ終わり、おばさんが帰る頃になっても賢人の部屋に明かりはついていなかった。どこに行ってんだか。

でも今日学校に迎えに来てもらったお礼を言っていないことに気がつき、ちょっとだけ悪いなという気持ちになった。

風呂上がり、母は自分でできると言ったけれど、包帯を替えてあげた。おでこは大丈夫だと言うので腕だけ。母の細い腕が腫《は》れて青紫色になっている。

「痛い？」

「痛み止め飲んだから大丈夫」

「これ、明日になったらもっと紫色になるかな」

「なるだろうね。で、黄色っぽくなってきたら治るんだよな」

改めて怪我した腕を見るとまた涙が出てきた。

「泣かない泣かない。もう大丈夫だから。ほら、テレビでも見よ」

母がテレビをつけると、「この夏おすすめの旅館特集」というのをやっていた。

「露天風呂と豪華な夕食、和洋中の朝食バイキングがついて、なんとおひとり様一万五千円なんですよおっ」

女性レポーターが声を張り上げる。

ひとり一万五千円。三万円あればお母さんとここに泊まれたな。そう思うと急に悲しくなった。

「あ、今花が考えてることわかっちゃった。あのお金でここに泊まれたなって思っただろ？　いいよ、お母さんだって一瞬そう思ったもん。でもそんなふうに考えてたらキリがないよ。お金っていうのはさ、こんなふうにどこかに出かけて遊んだり、なにか欲しい物を買うだけじゃなくてさ、例えば今日みたいなこと、降りかかった災難とかそういう事態に備えて蓄えておくっていうのもあるんだよ。生きてると誰だってそういう出来事に遭遇する可能性があるんだから。その時のために働いてるってのもあるんだよ。働いたお金の何パーセントかはそういうことに使われるって、ちゃんと心づもりしてるから大丈夫、こんなこと想定内さ。イヤなこと予算に組み込んであるから大丈夫。さあ、今日はもう疲れたから寝よ、寝よ」

ふわりと抱きしめられる。母の匂いがした。

「大難が小難で済むっていうのは、もっと大きな災難のことを思えばあきらめがつくって意味だけど、お母さんはちょっとアレンジして、小さな災難に遭うことで大きな災難を避けられるって思ってんだ。小難を教訓に、明日から花もお母さんも慎重になって、もっと大きな災難から身を守れたなら、今日失ったお金も無駄じゃないんだよ。だから大丈夫だよ」

母に、大丈夫と言われると本当にそう思えてくる。昔から世界で一番私を安心させてくれる言葉だ。

鉄の外階段を上る足音がする。賢人が帰ってきたようだ。どこでなにをしてたんだか。そういえば賢人、今日お蕎麦屋《そばや》さんのバイトはどうしたんだろう。もしかして休んで迎えに来てくれたのかな。だとしたらやっぱりちょっと悪かったな。ううん、大いに悪かった。次に会ったら、ちゃんとお礼言わなきゃ。


翌朝、登校時いつも待ち合わせしている場所に先に来ていた佐知子が私を見るなり駆け寄って来る。

「花ちゃん、大丈夫？　ラインしても既読にならないから、心配したよ」

「あっ、ごめん、昨日いろいろあってスマホ見てなかった」

昨夜は心身ともに疲れ果て、ラインも開かず寝てしまったのだ。佐知子に昨日のことを話す。

「えええっ、ひったくり？　なにそれ、ひどい、許せないっ」

「まあ怪我がそれほどでもなかったのが不幸中の幸いだったけど」

「でも絶対許せないよ。腹立つ。ううっ、悔しいね。なんとかできないかな。あっ香川君」

言うが早いか、佐知子が駆け出し、前を歩いていた香川君に追いつく。私もあとに続く。

「おはよう。ねえ、聞いてよ、花ちゃん家、昨日大変だったんだよ」

挨拶もそこそこにしゃべり出す。

「あ、言ってもいいよね、香川君なら。香川君も昨日すごく心配してたんだから」

「そうなの？」

「そうだよーん。香川君は花ちゃんのこととなると一生懸命なんだから。このっこのっ」

佐知子が肩をぶつけてくる。香川君が困ったような笑顔でうつむく。佐知子がついさっき私から聞いた昨日の顚末《てんまつ》を香川君に伝えた。

「大変だったね、田中さん」

「でしょーっ、ね、香川君も許せないよね、花ちゃんを苦しめたその犯人が。それで盗られたお金ってそいつが捕まったら戻ってくるのかな」

「どうだろう。でもひったくりするくらいだからお金に困ってる人なんだろうな。だったらもう使っちゃってる可能性高いな」

歩きながら香川君が言う。

「使われてたらもう戻ってこないの？」

「うーん、どうかなあ。警察に聞いてみたらわかるかもしれないけど」

警察、と聞いて佐知子の足が止まる。中一の頃ふたりして警察のご厄介（一応被害者ではある）になって以来、佐知子は警察というワードに過敏になっているようだ。そういえば昨年も警察と接点を持ちかけた一件があったし。年一の割合で警察となんらかの関わりを持つ女子ってどうなんだろうか。

香川君の横顔をちらりと見る。まつ毛が長い。多分私よりも。

「警察なんかダメだよ、アテになんないっ。私たちで犯人を見つけ出そうよ」

佐知子が眉を吊《つ》り上げて強い声で言う。過去にいろいろお世話になったことを棚に高々と放り投げ、無謀な宣言をする。

「見つけるったってどうやって。なんの手がかりもないのに。犯人、男ってことはわかってるけど。まだ若い人みたい」

「絶対ジイさんではないよね。ジイさんだったら、花ちゃんのお母さん負けないもんね。スクーターごと引き倒して、のしイカにしてたよね」

「の、のしイカ。そうなの?」

まあ、ははは、と笑ってごまかす。

「フルフェイスの黒いヘルメットに黒のTシャツ、白いスクーターの若い男なんて、その辺にごろごろしてるもんね」

「黒ヘルメットに黒いTシャツ、白のスクーター」

香川君がつぶやく。

「そうそう、だから香川君も家の人に気をつけるよう言っといたほうがいいよ」

「う、うん」

香川君の顔が少し陰った。香川君も母親とふたり暮らしだというから、心配になったのかもしれない。親思いなんだな。

学校に着くと教室で待ち構えていた担任の小野先生に昨日のことを聞かれたが、母の怪我は大したことがなく今はもう家にいると言うと表情が和らいだ。昨日心配して母の携帯に電話をしたが、電源が入っていなかったと先生が言った。おそらく病院にいる時、電源を切ってそのままになっていたのだろう。

「まあいつも通りこうして登校してきているから、おおごとにはなってないだろうとは思ったけど、本当によかった」

私を見て先生が何度も頷く。先生も心配してくれていたんだと思うと、ありがたい気持ちになる。そばで話を聞いていたクラスの女子も「花ちゃんが元気そうでよかった」と口々に言ってくれた。「そうだよね、そうだよね」と佐知子が確認するように何度も言った。


それから数日が経《た》ち、母の怪我も順調に回復していた。

「日日薬《ひにちぐすり》ってよく言ったもんだね。ほんとに日増しによくなってくもんね」

母も自分の腕を見ながら感心したように言う。だが母は仕事をやめてしまった。

「怪我のせい？」

「いや、前からずっと考えてたんだよ。もう体もきつくなってきてたし、そろそろ限界かなって。

疲れの抜け方が前とは違ってきてるし。だから今回のことがなくても遅かれ早かれ仕事はやめてた」

明るく言う母に、

「じゃあこれからどうするの？　新しい仕事探すの？　すぐ見つかる？」

思わず詰め寄るような言い方をしてしまい、すぐに悔やむ。

「探せばなにかしらあるよ。大丈夫、花は余計な心配しなくていいんだよ」

母の「大丈夫」をこれほど頼りなく感じたのは初めてだ。学歴もなく資格もない、若くもない母に、そう簡単に仕事が見つかるとは思えない。あったとしても収入は今までより下がるだろう。前職は、きつくてもお金がいいからという理由でやっていたのだ。

急に怖くなった。うちは今無収入なのだ。一銭もお金が入ってこない状態だ。でもなにも買わなくても一日過ごすにはお金がかかる。食費、光熱費、家賃、税金。入ってくるものがなければ、蓄えが減る。その蓄えだってあるのかどうか。

お金がないって怖い。はっきりとしたひとつの恐怖だ。日常が脅《おびや》かされる。今立っている場所がぐらついて抜け落ちる予感と不安。私はもうそういうことをまったく感じずにいられるほど、家庭の事情に無頓着《むとんちゃく》でいられるほど、幼い子供ではない。わかるから怖いのだ。

私の顔からなにかを読み取ったのか、母が、

「だから大丈夫だって。言ったろ？　こういう事態に備えてちゃんと貯金もしてあるって。だから大丈夫なの」

さらに明るいトーンで言う。でも仕事が見つからなければ、その貯金も削られる一方だ。岩のシルエットが頭に思い浮かぶ。長年波に侵食されて徐々に身が削られて、痩せ細っていくだけの海辺の岩。

「花は高校受験のことだけ考えてればいいんだよ」

そうだ、高校生ならバイトできるのに。なんでまだ中学生なんだろう。中学生はなんでバイトしちゃいけないいんだろう。高校生になったら絶対バイトしよう。

ああ、早く高校生になりたい。

しかしこうなるとますます絶対に都立だ。勉強しなくちゃ、と思い文机《ふづくえ》に向かう。佐知子の部屋にあるような立派なデスクセットを私は持っていない。うちにあんなもの置いたら寝るところがなくなる。この文机は大家のおばさんからもらったものだ。おばさんがお嫁に来る時、実家から持ってきたというのだから年季が入っている。

「私の父さんが腕のいい職人に作らせたんだから、モノはいいんだよ」と言っていた。

確かに引き出しの取っ手なんかは凝った細工が施《ほどこ》してあるし、素人目にもしっかりした作りをしているとわかる。その鍵のついた引き出しの中に例のクッチを入れていた。ふと思いついてそれを取り出し、スマホで写真を撮ってラインで佐知子に送る。

『グッチ　スゴい　どうしたの?』

すぐに返信が来る。

『ルック　よく見てごらん　これはクッチなんだよ』

と返すと、

『クッチ　ウケる』

母の言った通りの反応が来た。そこでライン電話に切り替えて、クッチを手に入れたいきさつを話す。ふたりでひとしきり笑ったあと、

「ブランドを立ち上げるっていうのもいいね。洋服作るのとか好きだし、デザインにも興味があるから。そうだ、私デザイナーになろうかなあ」

佐知子のクセが出た。すぐにその気になる。デザイナーだってそんな簡単になれるもんじゃないのに。でもスナイパーよりはまだ現実味があるか。語呂は似てるが。

「ブランド名は、もちろんサッチ」

「なんでもかんでも『ッチ』ってつければいいってもんじゃないよ」

「『ハウス・オブ・サッチ』」

「サッちゃん家って、なんかのどかだなあ」

佐知子と話しているうちにだんだん心が軽くなってくる。この先高校は別になっても、スマホがあればこうしていつでもつながれる。だからきっと大丈夫。だが電話を切ったあとで、このスマホもお金がなければ持てないことに気がつく。

早く高校生になってバイトがしたい、再び切に思った。

佐知子が日直で先に学校に行った朝、途中でまた香川君と一緒になった。

今日はツイてる。

挨拶を交わしたあと、「お母さんの具合はどう？」と訊《き》かれる。気にかけてくれていると思うと嬉《うれ》しい。

「怪我は日に日によくなってきてるんだけど、仕事やめちゃってさ」

「えっ、もしかしてあのことが原因で？」

「お母さんは前から考えていたみたいだけど、あのことがきっかけになったのは確かだと思う。でも次の仕事見つけるの、正直厳しいだろうな。これといった資格もないし、年齢的なこともあるし」

「そうなんだ」

言ったあとで、このことはまだ佐知子にも打ち明けていないと気づく。なんでだろう、香川君には自然と話してしまった。似たような境遇だからかな。

ううん、それだけじゃなくて、なにか、もっと、こう――。

なぜだか胸がいっぱいになる。深呼吸して言う。

「だからね、都立がもうますますマストで、できれば早く結果が出る推薦で決めたいんだよね。そうすればほかのとこ受けなくて済むから受験料も最小限に抑えられるし」

「田中さんなら大丈夫だよ、きっと」

「そ、そうかな」

やっぱり今日はいい日だ。香川君から「大丈夫」と言われた。

香川君はどこの高校へ行くの？　と聞こうか聞くまいか迷っているうちに学校に着いてしまった。


学校から帰ってきて、郵便受けを見ると赤文字で「重要なお知らせ」と書かれた封筒があった。電力会社からだ。途端に心臓の鼓動が速くなって体中に不安が広がる。

部屋に入り、ハサミで封を切る。いつもは勝手に見ないのだけれど、どうしても気になって開けてしまった。案の定、電気の使用料金が指定口座の残高不足で引き落としできないという知らせだった。

まずい。これはかなりまずい状況なのではないだろうか。電気料金が払えないって。電気、止められたらどうしよう。闇に包まれた部屋の中、ろうそくを灯《とも》した食卓で侘《わび》しい食事をしている母と私の姿が浮かぶ。そんなことになったら、もう受験勉強どころじゃない。どうしよう、どうしよう。

じりじりした思いで待っていた母がようやく帰宅したので、まず勝手に封筒を開けたことを詫《わ》び、でもどうしても気になって、と理由を言った。

「ああ、これ。ただお金を入れとくのを忘れちゃっただけだよ。お金はちゃんと別の口座にあるの。いつもは移してておくんだけど、たまたま今回は忘れてただけ。明日にでも行ってすぐにやってくるよ。ただそれだけのこと。そんな驚くことじゃないよ」

母は明るく言ったが、そういうの自転車操業というのじゃなかったっけ。それとも火の車だったか。いずれにしても経済状況が、かなり逼迫《ひっぱく》している状況をいう。でもなんでお金がないという表現には、自転車とか車とか乗り物がからんでくるんだろう。

ふたり乗りの自転車が頭に浮かぶ。あれを見たのは、小学校低学年の頃だっけ。日曜日、母とふたりで少し遠出して区のはずれにある大きな公園に行った。お弁当を持って。美しく整備された公園で真ん中に大きな池があった。池の周《まわ》りに柳の木が植えられていて、しなやかに揺れる緑が眩《まぶ》しかった。その池をぐるりと囲むようにサイクリングロードがあった。ゆるやかでなめらかな道を自転車で走るのは気持ちよさそうだ。ふたり乗り自転車に乗っている親子がいた。ちょうど私と同じ年くらいの女の子と母親。とても楽しそうだった。

「花も乗ってみる?」

乗りたそうな顔をしていたのだろう、母に訊かれた。

「レンタサイクルって、あそこで貸し出してくれるみたいだよ」

母が池の脇にある小さな建物を指差す。看板にレンタサイクル一日二百円とある。ふたり乗りは四百円。お金、取るんだ。

「ううん、いい。大丈夫」

にこっと笑って言うと、母は「そうかい」と言ってそれ以上は言ってこなかった。あの頃からもうそういうことを気にする子供だった。今から思えばそれほどの額ではないのに。それほどの額ではないから余計切ない。

もっとも私と母は、ずっとふたり乗り自転車に乗っているようなものだ。走るのをやめたら途端に倒れてしまう自転車を、ふたり必死の形相《ぎょうそう》で漕《こ》いでいる。なにかに追われるようにして。いつかこの自転車から降りられる日は来るんだろうか。

佐知子じゃないが、なにかで大きく一発当てたい気になる。いや、最初は堅実にいかなくちゃダメだ。まだ中学生でいる自分がもどかしい。早く働けるようになって、数百円を躊躇《ちゅうちょ》する生活から抜け出して、自転車を漕ぎ続けた母をゆっくり休ませてあげたい。

数日しても、ひったくりの犯人が捕まったという連絡はない。捕まったところで、お金が戻ってくる確率は低いが、それでも区切りがついて違う展開が開ける気がする。母はハローワークに通い、いくつか面接を受けたりしているが、なかなかうまくいかないようだった。

土曜日の午後、駅前の古本屋に行く。欲しい数学の参考書があって、最初は書店に入ったのだが、ふと古本屋を思いついた。思った通り、学習関連の棚にお目当ての参考書があった。ビンゴ、と思わず心の中で叫んでいた。折り目もなく、まったく使った形跡がない。読者カードと出版社の広告までそのまま挟まれていて、新品そのものだ。売りに出した人は受験大丈夫だったんだろうかと、ちと気になったがこれで定価の半額なら買うしかない。売りに出してくれたどこかの誰かに感謝。

随分得した気分で店を出る。こんなことをしても焼け石に水、焼け自転車に水なんだけど、なにもしないよりはいい。

「花ちゃん」

後ろから声をかけられて振り向くと、

「えっ、あ、真理恵《まりえ》?」

ここら辺ではあまり目にしない、真紅の蝶結《ちょうむす》びリボンがかわいいセーラー服姿の真理恵が微笑んでいた。小学校の時一緒だった真理恵は中学受験して有名女子大の付属校に入ったのだ。

「大人っぽくなったから、一瞬、誰かわかんなかったよぉ」

「髪、伸ばしたからかな。花ちゃんはすぐにわかったよ。その服に見覚えあったから。うちに遊びに来た時も、学校でもよく着てたよね」

そうだった、この赤いチェックのブラウスは小学生の頃から着ている。母はチェック柄が好きなのだ。母はいつも「長く着られるように」と大きめのものを買うので、今頃ちょうどよくなった。洋服に関しては穴が空くとか生地が薄皮饅頭並みに薄くなるとか、限界まで着倒すのが我が家のルールだ。そして最後には窓の桟《さん》のホコリを拭き取ったり、自転車を磨いたりしてようやくお役御免となる。それだけ活用されれば服も本望だろう。言われてみればこの服も随分着ている。

だが真理恵は嫌味や意地悪を言うような子ではない。他意はないのだろう。

「襟のフリルがかわいいなあっていつも思ってたよ。花ちゃんに似合ってる」

真理恵がにこっと笑う。真理恵こその笑顔は小学校の時のまんまだ。聞けば今日も学校があったのだと言う。私立は土曜日も毎週しっかり授業があるんだそうだ。さすが高い授業料を取るだけのことはある。

「付属に入ったからもう安心、と思ってたらテストとか結構厳しいし、先生たちも校則とかうるさいし、クラス内のヒエラルキーはシビアだし、美希《みき》とはずっと別々のクラスだし、小学校の頃が懐かしいよ。なーんにも考えずに花ちゃんとバカみたいに遊び回ってたあの頃がさ」

「そ、そう?」

真理恵の視線が私の手元に落ちる。

「それ、本? なに買ったの?」

「数学の参考書だよ」

「そっか、受験だもんね。あーでも残念。うちの学校は高校の募集がないからダメだわ。高校からも入れたらいいのになあ」

そういう問題ではなく、うちは端《はな》から真理恵が行ってるような私立のお嬢様学校は選択肢にない。

「もうほかに用事ない? もしこれから時間あるならウチに来ない? 久しぶりに花ちゃんとゆ

っくり話したいし。うちのママもきっと喜ぶよ」

そういえば、真理恵の母親とも全然会っていない。家はそう離れていないのだけど、生活区域・活動範囲が違うのだろう。母は今日も家にいるのでスマホで電話をかけ、駅前で偶然真理恵と会ったのでこれから家に行く、と伝える。

「花ちゃんのお母さんも元気？」

電話を切ったあと、聞かれたので歩きながら、ここ最近あったことを正直に話す。

「えええええっ、ひったくり？　怖っ。怪我？　うわあ」

真理恵は目を見開いてのけぞったりして驚いていたが、最後は神妙な顔になり、

「大変だったね、花ちゃん。全然知らなかったよ。ごめん」

と、なぜか謝ってきた。

真理恵の家に来るのは何年ぶりだろう。相変わらず立派な家だ。オートロックの門に洋風モダンな邸宅、広い庭。門扉にはセコムのシール。

「真理恵ちゃん家って、セコムしてるんだよ。門にシールが貼ってあった」

初めて真理恵の家に行った時、帰ってから母に言った。

「そのシール、何枚かもらってきてウチにも貼っとくか」

「そんなことしたら怒られるよ」

「そうか？　防犯効果があっていいと思ったんだけど」

冗談かと思ったら、真面目な声で言う。でもうちのボロアパートにセコムシールが貼ってあったところで、それこそジョークだとしか思われないだろう。

「あらまあ花ちゃん、花ちゃんなのっ？　まあびっくり。いつ以来かしら。本当に久しぶりね。いらっしゃい。さあ、あがってあがって」

急な来訪にもかかわらず真理恵ママは、はちきれそうな笑顔で出迎えてくれた。袖の膨らんだ白い綿のワンピースを着ている。うちの母親とそう変わらない年回りだと思うが、どことなく少女っぽさがある人だ。今日もリボンのついたかわいい黒いカチューシャをしている。もしうちの母がつけていたら「笑わせようとしてんの？」と言いたくなるだろうが、真理恵ママにはよく似合っている。

リビングに通され、尻にフィットする座り心地のいい椅子に腰掛けていると、真理恵ママが紅茶とケーキを出してくれた。黒く艶光《つやびか》りしている長方形のチョコレートケーキに金色のカケラがまぶしてあった。金粉らしい。

「スピカのオペラ。美味《おい》しいよ」

私服に着替えてきた真理恵が言う。

スピカのオペラ。スピカが店名でオペラがケーキの名前のようだ。しかし突然来たというのに、こんなものがさらっと出てくるなんてどういうことだ。この家ではこれが日常なのか。うちなんか事前に連絡をもらっておかないと、せいぜい甘食ぐらいしかない。この家なら本物のグッチがありそうだ。

いや、ここん家《ち》は昔からこうだったと思い出す。いつ来ても食べたことがない美味しいお菓子がおやつとして出てきた。瓶のジュースですら日頃目にしたことのない、洒落たラベルの高級品だった。真理恵の父親は会社を経営しているらしい。

ロココ調の白い家具に豪華なシャンデリア。小学校の頃、このシャンデリアを見て、これ落ちてきたら、あのキラキラ尖《とが》った飾りが刺さって死ぬなあとか、あの飾りでイヤリングや首飾りがいくつも作れるなあ、と思ったりした。壁には金の額縁の風景画。おそらくヨーロッパの森。鬱《うっ》蒼《そう》とした緑が風にうねっている。日本とは違う（ような気がする）空の色、雲の形。オペラはチョコパイ百個分を煮詰めて凝縮したような濃厚さと奥行きのある複雑な味がした。いくつもの層が重なっていてコーヒークリームの香りが鼻に抜ける。

「お母様もお元気かしら？」

紅茶を注《つ》ぎ足しながら真理恵ママが訊く。

「それがさあ、花ちゃん家大変だったんだよ」

真理恵が身を乗り出して、さっき私から聞いたことを話す。

「まあ、なんてこと、なんてことでしょう。そんな恐ろしいことが花ちゃんとお母様の身に起こっていたなんて」と、真理恵ママは両手で口を覆い、目を見開き、驚き、狼狽《ろうばい》し、恐ろしがり、最終的には「ああ胸が痛い、痛い」と胸を押さえて悶絶《もんぜつ》し、しばらく打ちひしがれていて、こっちが心配になってくるぐらいだった。

やがてゆっくりと両手を組み合わせ、額につける真理恵ママ。

「祈りましょう。傷ついた花ちゃんとお母様のために。お怪我が早く治りますよう、お仕事が見つかりますように。そしておふたりの魂が救われますよう」

魂よりも取り急ぎ生活のほうが先に救われたい状況なのだけれど、ここで言うことではない。

真理恵ママの祈りは続いている。隣にいる真理恵が「出た出た」と耳打ちする。真理恵が以前言っていたことを思い出す。

「うちのママはなにかっていえばすぐに『祈りましょう、祈りましょう』ってなるの。祈って解決するなら悩まないっつーの」

真理恵の母親は、これまたお嬢様学校として知られる横浜《よこはま》のミッションスクールで幼稚園から女子大まで過ごし、そこを出たあとは会社勤めなどせずに家にいて（昔は花嫁修業といったらしい。「修業」とはいえ、なにやら楽しそうだ）、真理恵の父親とお見合い結婚したそうで、親族からも「世間知らずのお嬢様」と言われているそうだ。

「私たちになにかできることはないかしら？」

急に顔を上げて真理恵ママが言った。

「いや、別に、そんな、大丈夫です」

「でもお困りになっているのでしょう？」

「それはまあ、ウチにとっての三万円は痛いですけど、これも人生の授業料だと思って、って母も言ってますし、仕事もそのうち見つかると思います。でももし私が今高校生だったら、バイトができて少しでも助けられるのになあって思いますけど」

愚痴っぽくなってしまった気がして慌てて唇を舐《な》め軽く噛《か》む。

真理恵ママはまた顔の前で祈るように手の指を組み合わせ、目を閉じてなにやら考え込んでいる様子。オペラを食べ終えて、ねっとり甘くなった口の中をさっぱりさせたいのでもう一杯紅茶を欲しいが、言い出せるような空気ではない。

「そうね、まだ中学生ですもんね。もどかしく思う花ちゃんの気持ちはよーくわかります。お母様を思う心も。子が親を思う心は尊いものです。そんなおふたりに、私が今できること、アズアイキャン……アルク　イック　カン……」

最後のほうは何語かわからない言語を呪文《じゅもん》のようにつぶやきながら、真理恵ママは組み合わせた両手を額につける。

そして突然これ以上ないくらいにカッと目を見開いてこっちを見たので、ギクリとする。

「そうだわっ」

真理恵ママが立ち上がって素早い動作で窓際へ行き、さっとレースカーテンを引く。

「庭です」

「そ、そうですね」

全面ガラスの窓越しに緑が眩しい。

「うちは毎年今ぐらいの季節に庭師さんに入ってもらうんですけど、今年は仕事の都合で一ヶ月ほど遅れるという連絡がありました。でもちょうど今下草が茂る時期なのでどうしようかと思案していたところだったんです。もし花ちゃんに手伝っていただけたら、とってもありがたいのだけど」

「はあ」

「庭木は専門家の方にお任せするので、下草だけでいいのよ。もし花ちゃんの都合がよければ、少し抜いてもらって――」

「要するに、雑草取りのバイトやんない？　ってことでしょ」

真理恵の言葉に真理恵ママが目を剝《む》く。

「違います、断じてバイトじゃありません。中学生にそんなことさせたら、ママ捕まっちゃうわよ。そうじゃなくてこれはあくまでも花ちゃんのご厚意でうちの庭づくりをお手伝いしていただくの。でも草むしりの作業をすれば服や靴が汚れるわよね？　だからそのクリーニング代金をうちで持つということなの」

「そんなのただの言葉の置き換えじゃん」

「ただの置き換えでも、そこは大事なとこなのっ。いい？　これは労働の依頼じゃありません。庭の美化を保つためのお手伝いのお願いです」

「まあいいけどさあ、どうする花ちゃん?」

つまり草むしりすればお金がもらえるってことか。やらない理由がない。

「やります、やります。ぜひやらせてください」

「じゃあ決まりね。いつがいいかしら?」

「明日日曜日、丸々一日空いてます」

「明日はお天気もよさそうだし、ではそうしましょうか」

「あー、でも明日私いないんだよ。学校の友だちと池袋《いけぶくろ》のスイパラ行って、そのあと買い物してくる予定なんだ」

真理恵が手元のスマホ画面をスワイプしながら言う。

「別に真理恵はいなくてもいいでしょ、ね、花ちゃん」

「あ、はい。大丈夫です」

「では明日にしましょう。時間は花ちゃんの来られる時間でいいわ。草も全部じゃなくていいのよ。花ちゃんが取れるだけで」

「午前中ちょっと勉強して、十時前には来られると思います」

「ならお昼はこちらで用意しておくわね。汚れてもいい服装で来てちょうだいね」

それならお安い御用だ。汚れちゃまずい服はほとんどない。

「花ちゃんも今度スイパラ行こうよ」

真理恵が私の手を取る。

「スイパラ?」

「スイーツパラダイス、スイーツの食べ放題だよ。スパゲッティやカレーもあるよ」

「なにそこ、本物のパラダイスじゃん」

真理恵が無邪気な声を立てて笑う。

食べ放題か。そんなとこに母を連れて行ったら、腹の皮がはちきれるまで食いそうだ。童話でそんなカエルがいた気がする。あれは空気を吸って腹をふくらませたんだっけ。

そのあと真理恵の部屋でゲームをして家に帰ってきた。

「真理恵ちゃん、元気だった?」

手を洗っていると後ろから母に訊かれた。

「うん、真理恵ママも元気だったよ。相変わらず大きくて綺麗な家でセコムしてた」

「そのシール」

「もらってきて、って話は小学生の頃にしてるよ」

「デジャヴ?」

夕飯の時、明日も真理恵の家に行く約束をしている（これは事実だ。真理恵と遊ぶとは言っていない）と伝え「お昼も出してくれるって」と言うと、

「そりゃ悪いよ。花もなんか持ってきなよ。歌舞伎揚ならあるよ。真理恵ちゃんとおやつに食べ

なよ。あれ、美味しいからさあ」

と煮魚をつつきながら言う。

「う、うん、じゃあそうする」

ヘタに固辞すると勘ぐられそうなので素直に従っておく。

翌日予定通り、午前十時少し前に真理恵の家に着く。暑くなりそうなので、帽子をかぶり水筒も持ってきた。母がビバのポイントを使い切って手に入れた保冷性抜群のサーモス。こんなに早く重宝する日が来るとは。この水筒に報いるためにも、今日は頑張らねば。Tシャツ一枚でもいいような陽気だったが、日焼けや虫さされを考慮し、薄手の長袖シャツにした。準備は万全《ばんぜん》だ。

真理恵はもう出かけたあとだった。

「ここにあるもの、なんでも使っていいですからね」

真理恵ママが、大小の鎌《かま》や電動の草刈り機を用意してくれていた。でもこれだと根が残ってしまうから、手で抜いたほうがいいんじゃないかな。家から持ってきた軍手をはめ、早速作業に取り掛かる。

よかった、思ったより土がやわらかく抜きやすい。どくだみとスギナが多い。どちらも地下に根をしっかり張っているから、やっぱり手で抜いたほうがいい。両手でもいける。これなら倍の効率だ。どくだみは十字架のような純白の花がかわいらしいので、抜くのはかわいそうな気もしたが、依頼主の要望なら仕方がない。ヘタな憐憫《れんびん》の情は禁物だ。非情に徹して任務を遂行するのみ。青々しい草の匂いが立ちのぼる。土の匂いを嗅ぐのも久しぶりだ。緑色のバッタやカマキリが慌てた様子で草むらから飛び出す。ごめんよ、平穏に暮らしていたのに。彼らにとって私は大いなる脅威だろう。どうか別のところで元気に生きてってくれ。

用意してくれた七十リットルのゴミ袋に、どくだみがどんどん溜《た》まっていく。ぎゅうぎゅう押し込みまた詰める。太陽が高くなり、額から汗が伝う。首にかけたタオルで拭う。あっという間にお昼になった。

「ご苦労さま。まあ午前中だけで随分はかどったのね。花ちゃん、仕事が早いわ。しかも丁寧。取り残しがないもの。すごいわ。さあさあ昼食にしましょう。市販のお弁当だけどいいかしら?」

真理恵ママが庭に出てきて訊く。

「あの、もしよかったら、外で頂いていいですか? 結構汚れたんで」

服やジーパンについているちぎれた細かい草葉や泥をタオルで払いながら言う。

「あら、そんなこと全然気にしなくていいのに」

「いえ、お天気がいいんで、外で食べたいっていうのもあるんです。緑を見ながら食べると一段と美味しくなるような気がするんで」

「そうね、きっと花ちゃんもそのほうが気を使わずに食べられて、ゆっくり休めるわね。じゃあここに運んでくるわね」

楠《くすのき》の木陰に腰を下ろすのにちょうどいい場所があった。真理恵ママがレジャーシートを貸してくれたのでそこに敷く。草と土の感触がやわらかい。続いて真理恵ママが橙色《だいだいいろ》の薄い紙製の風呂敷に包まれた箱と、涼しげなガラスのティーポットを銀色のトレイに載せて運んできてくれた。ちゃんとおしぼりもある。風呂敷包みはお弁当だった。弁当と聞いたから、海苔弁《のりべん》みたいなものを想像していたら、おせち料理みたいに二段重になっていて驚く。一段目は、仕切られた升目の中に赤魚の西京《さいきょう》漬けとか合鴨《あいがも》の燻製《くんせい》、野菜の炊合せ、昆布巻き、あんかけ肉団子など、ひと目で職人が手間をかけて作ったとわかる料理が上品に盛り付けられていた。二段目は白ご飯の上に刻んだ煮穴子と錦糸《きんし》卵が散らしてある。すごい。こんなのが食べられるのなら、毎週来たい。氷の浮いたティーポットの緑茶も風味が良い。甘みがある。高いお茶っ葉の味がした。

食べながら庭を眺める。草上の昼食。なにを食べても美味しい。労働したあとのご飯はなんでこんなに美味しいのか。あますところなくすべて吸収され、滋養になる気がする。吹き抜ける風が心地よい。汗で濡《ぬ》れた服もすっかり乾いた。午後は建物の陰になる池の周りを先にしてしまおう。日が傾いてきたら西側をやろう。いや表の花壇を先にしたほうがいいか。やはり外で食べたのは正解だった。こうやって庭を見ながら頭の中で段取りをしておけば、午後からの仕事がスムーズだ。

午後一時少し前に真理恵ママが片付けに来た。

「ごちそうさまでした。とっても美味しかったです」

「そう、よかったわ。ああ、言い忘れていたけど、お手洗いは遠慮なく家の中のを使っていいのよ」

そう言われればまだ一度もトイレに行っていない。汗で水分が出ちゃったのかな。

「遠慮しないで家の中のを使ってね。ドアの鍵は開けときますから、いつでも使ってちょうだいね」

やけに念を押すように言う。もしかしたら強く言っておかないと、庭で用を足されると案じたのかもしれない。

午後の作業開始。どんなものにもコツがある。どのようにすればより確実に効率よく草が抜けるのか、摑んだ気がする。手応《てごた》えを感じる。

猛々《たけだけ》しいまでに茂った草むらを見ると闘志が湧いた。

待ってろよ、おまえらみんな文字通り根こそぎだ。

摑む、抜く、放る。たちまち草の山ができる。草むしりはこうして成果がはっきりと目に見えるのがいい。やればやっただけの結果がそこにある。清々《すがすが》しい達成感があった。

摑む、抜く、放る。夢中でやりながら、こんなにも草むしりに没頭している自分を新鮮に感じる。みるみるいくつものゴミ袋が溜まっていく。もっとキレイに、もっと完璧に。使命感が加速する。

「田中さん?」

「へっ?」

不意に後ろから呼ばれて驚く。門の前にある花壇の草むしりをしているところだった。ほとんどエノコログサなので、面白いほどよく抜け、調子に乗ってやっていたのに。

振り向くと石井君だった。白い半袖ポロシャツに紺色のリュックをしょっている。

「こんなところでなにしてるの？」

「なにって、草むしりだよ。ほかにどう見える？」

「そうじゃなくて、どうして田中さんがこの家の草むしりしてるの？　ここ、田中さんの親戚かなんか？」

「親戚じゃないよ、でもこの家の人に頼まれて草むしりしてんの」

小学校時代の友達の家、と正直に言うとめんどくさいことになりそうなので濁しておく。

石井君が傍らのゴミ袋に目をやる。

「これ、全部田中さんが取ったの？」

「そうだよ。中にはもっとあるよ。もう六袋ぐらい。すごくない？　私ひとりでだよ」

「このことって、田中さんのお母さんがひったくりに遭った事件と関係してるの？」

ひったくりの件はいつの間にかみんなに知れ渡っていた。母が被害に遭った現場近くに住んでいた同級生がいて、その子の祖母が一連の騒ぎを目撃していたらしい。

あのことと草むしり、関係なくはない、というか大いに関係している。あんなことがなければ、ここで草むしりはしていなかった。

私が黙っていることを肯定だと受け取ったのか、石井君が顔を曇らせる。

「ラインいくら送っても既読にならないから、きっといろいろ大変なんだろうな、とは思っていたよ」

そういえば彼からラインが来ていたが、めんどくさいのでスルーしていたのだ。石井君のラインはひとつ送ると百ぐらい返ってくるので、忙しい時は正直煩わしい。ここ数日は本当にそれどころじゃなかったから、すっかり忘れていた。

「でもまさかこんなことになっていたなんて。ここまで追い詰められているとは。いいよ、僕、決して誰にも言わないよ、田中さんがこうして法律違反までして児童労働しているってことは。でもこれが現実なんだよね。これが今の社会なんだ。社会の闇が生み出した病巣なんだ。そう、僕は田中さんみたいな子供たちを救うために弁護士を志したんだよ」

「あーいや、その」

どうも曲解しているようだが、それを解くのもめんどくさい。石井君が腕時計を見る。

「僕はこれから塾だからこれで行くけど、田中さん、もし年齢を偽って働いてるとしても、保険証やマイナカードに細工をしたり、偽造したりしたら、文書偽造の罪に問われるから、絶対にそれだけはしちゃいけないよ。でも僕はたとえ田中さんがなにをしてたとしても、田中さんを応援しているからね」

「あー、はいはい」

石井君の背中を見送りながら、大丈夫だろうかとちょっと不安になったが、あの様子なら他言することはないだろう。それよりも調子よくやっていたのに、いい流れが中断されてしまい、舌打ちしたい気分だった。石井君との会話でロスした時間分、ピッチを上げなくては今日中に終わらないかもしれない。

敷地内に戻って作業を続ける。背中に太陽が熱い。汗の雫《しずく》が顎先《あごさき》から落ちて草を濡らす。タオルで拭い水筒の水を飲む。さすがサーモス、雪解け水かと思うほど冷たい。草を摑み抜く、摑み抜く。やっているうちに無心、いやもはや無になって、腕が、身体が自然に動く。なにか別のものに衝《つ》き動かされるようにして、今そこに生えている草を抜く。ひたすら抜く。そのうち初めの頃よりラクに多くの草が抜けるようになっていた。疲れは感じない。むしろ身体が軽くなって動きやすくなっている。

もしかしてこれは草むしりハイというのではないか。ゾーンに入ったのだ。

「花ちゃん、お茶の用意ができたので休憩してね」

真理恵ママに声をかけられるまで気がつかなかったが、もう午後三時になっていた。お昼を頂いたのと同じ場所に、レモンの輪切りが浮いたアイスティーのポットと金縁の白い皿には一口サイズのサンドイッチ、もうひとつの皿にはフルーツタルトやチーズケーキなどかわいらしいプチケーキが用意されている。アフタヌーンティーだ。緑の風と光の中でそれを頂く。なんて贅沢なひとときだろう。持参した歌舞伎揚の出番はやはりなさそうだ。

ゴミ袋の数はもう十を超えている。午後から随分はかどり、庭の風通しが良くなった。個人的には草の茂る庭も好きなのだが、こうして下草が取り払われた庭も、清々しく、いかにも念入りに手入れされている感じがして好ましい。なにより庭が歩きやすくなった。これなら雨上がりで

も ズボンの裾《すそ》が濡れなくて済むだろう。

心地よい疲労感と充実感が身体を満たす。こういうことが私は好きなのかもしれない。

庭の手入れとか、造園業もいいなあ。

そう思うと本当にそんな気がしてきた。

スイス銀行もいいけどこの道もありだな。いやスイス銀行にも庭ぐらいあるだろう。いや絶対ある、大きな庭が。そこの専属になってもいい。なにやら佐知子と思考回路が似てきた気がする。

休憩時間を終え作業再開。もうゴールが見えてきた。あと少しだ。だが急《せ》いて仕事が雑になってはいけない。質を落とさず最後までやり通す、仕事を任されたからにはそれが使命。庭石がオレンジ色に染まる頃、ミッション完了。雑草はすべて取り終えた。真理恵はまだ帰ってきていない。

「まあびっくり。まさか全部やってくれるなんて。しかも仕上げがキレイだこと。職人さんと比べても遜色《そんしょく》ないわ。花ちゃん、素晴らしいわ、ブラボー」

真理恵ママは破裂音のようによく響く拍手をして顔を輝かせた。自分でもいい仕事をしたと思う。改めて庭全体を眺め、満足感に浸る。

「お洋服だいぶ汚れてしまったから、これ、少ないけどクリーニング代の足しに」

真理恵ママが白い角封筒を差し出す。

「これは花ちゃんが得るべき正当なお金です。後ろめたさや負担を感じることはまったくないのよ。ましてやお返しなどという心配は針の先ほども必要ありません。単なるクリーニング費用なんですからね」

真理恵ママは最後までそこにこだわっていた。

「ありがとうございます」

礼を言って封筒を受け取る。

「いいえ、お礼を言いたいのはこっちのほうです。庭をこんなにキレイにしてもらって、本当に助かったわ。これなら庭師さんが入っても作業がしやすいでしょう。花ちゃん、ありがとう」

真理恵ママが封筒を持った私の手を、両手で包み込む。

「くどいようだけど、これは花ちゃんが持っていていいお金ですからね。しまっておいて、必要になったらその時に出せばいいの。それまで自分で持っていてね。花ちゃんに、神様のご加護がありますように」

ささくれひとつない、よく手入れされた白くてなめらかな手。こんな手のまま一生過ごせる人もいるのだ。荒れ放題の節くれだった母の手を思い出す。真理恵ママのすべすべした手の感触は、いつまでも私の手に残った。


真理恵の家をあとにし、少し行った先の公園でベンチに座り封筒の中身を確かめる。えっと思わず声が出る。三万円も入っている。手の切れそうなピン札というのを初めて見た。実働七時間ほどなのに、一体どういう時給計算なのか。いくらなんでももらいすぎだ。これがクリーニング代って、デヴィ夫人のドレスじゃあるまいし。

どうしよう。

三万円が入った封筒をじっと見る。

やっぱり返したほうがいいんじゃないか、と思うのと同時にはっとした。

真理恵ママは最初から私に三万円をくれるつもりでいたんじゃないか。でもただお金をあげるというのは気が咎《とが》めた。怪我のお見舞いとして渡したら、半返しが必要になる。施しでもお見舞いでもなく、私に惨めさも負担も感じさせずに、お金を渡す最善の方法。それが今日の草むしりだったんだ。だからこれはクリーニング代として受け取る正当なお金であると、あれほど強調したのだ。

花ちゃんが持っていていいお金ですからね、自分で持っていてね、とも言っていた。あれは母には言わなくていい、という意味だろう。いくら母でもこんな大金を頂いたと知ったらそのままではいられない。母なりにお返しを考えるだろう。でもそれじゃあ意味がない。苦心が無駄になる。

胸の奥がぎゅっとなって熱くなり、涙が噴き出した。

赤の他人の私たちのことをここまで思ってくれる人がいるなんて。母やおばさんは、世の中には悪いやつがたくさんいると言ったけれど、それは本当なんだろうけど、やっぱりいい人もいるんだ。当たり前のことかもしれないが、それが身にしみてわかった。

涙をハンカチで拭き、封筒をリュックの内ポケットにしまって歩き出す。夕焼けの色に染まった雲が輝いている。あの件以来、ずっと感じていた空洞が塞《ふさ》がっていた。失った三万円が今日補《ほ》填《てん》されたからだろうか。いやそれだけではない。もっと違う、なにかあたたかいもので心が満たされていた。

でもそれもこれも真理恵ママに経済的な余裕があるからだ。いくらその気持ちがあっても、自分のとこが窮しているようではこんなことはできない。お金がすべてじゃないけど、お金があるのは悪いことじゃない。私もいつか真理恵ママのようなことができる人間になりたい。そのためにはしっかりした職業に就かないとダメだ。それで一生懸命働いて稼いで、改めてちゃんと真理恵ママのところにお礼に行こう。紅茶とクッキーのセットを持って。デパートで売っているような高級なやつ。

この想像は私を楽しくさせた。自然と足取りが軽くなる。疲れているはずなのに心身ともに弾むようだ。ふと汚れたスニーカーの靴先が目に入りはっとする。白いキャンバス地に深緑の草の汁と泥汚れがついている。真理恵と庭で遊んだってことにしよう。中学三年生が泥まみれになるほど庭で遊び回ってたというのは不自然かもしれないが、母はそこまで気にしないだろう。

部屋のドアを開けると、母が畳の上で背中を丸めて横たわっていた。一瞬ドキッとしたが、眠っているだけだった。

「ああ、お帰り。ついウトウトしちゃったよ」

私の気配に目を覚ました母が起き上がりながら言う。

「お腹空《なかす》いたろ。焼きうどんできてるよ」

テーブルの上にラップのかかった焼きうどんが乗っている。

「安売りの時、一玉三十円で買っといたうどん。ありがたし」

母が、へへっと笑う。一玉三十円。三万円あれば千玉買える。思わず笑みがこぼれた。

夕飯を食べ終え、母がお風呂に入っている隙に今日もらった三万円を文机の引き出しの中のクッチ財布にしまい、また鍵をかける。ここに三万円あると思うと、腹の底にずんとした手応えがあった。お金があるとないとでは、こうも心の有り様が違うものなのか。文字通り私は現金な人間なんだな、とつくづく思う。

ウチと真理恵宅を往復しただけの歌舞伎揚は学校の手提げ袋に入れる。明日学校の帰りに、佐知子と食べてしまおう。証拠隠滅は早いほうがいい。

次の日学校からの帰り道、予定通り佐知子と歌舞伎揚を食べながら歩いていると「そこのふたり、待ちなさい。なに食べてるんだ」と後ろからの声に振り向く。香川君だった。

「登下校中の飲食は校則違反です」

笑いながら言う。

「そこをなんとかこれでお見逃しくだせえ」

佐知子が歌舞伎揚を一枚香川君の手に握らせる。

「うむ、よかろう」

香川君も袋を破いて歌舞伎揚に歯を立てる。三人で笑う。

「そういえばその後、なにか進展あった？　ひったくりの」

食べ終えた香川君に訊かれる。

「ううん、全然。もう捕まらないんじゃないかな。なんとなくそんな気がする」

「花ちゃんが弱気になっちゃダメじゃん。でもサイアク捕まんなかったとしてもお金だけ返して欲しいよね」

「いや無理でしょ、絶対」

「でもそういうやつはいつか必ず捕まるって。ラクしてお金を手に入れることを覚えたやつは繰り返すから。もう真面目に働くのが嫌になっちゃうんじゃない？　マジでクズだわ。もう死んで欲しいわ」

私たちの会話を黙って聞いていた香川君の顔が少し陰った。佐知子の乱暴な物言いが気に障ったのだろうか。

「あ、香川君、歌舞伎揚もう一枚どう？」

手提げ袋からもう一枚取り出し香川君に差し出す。

「うん、ありがとう」

渡す時、一瞬指先が触れる。歌舞伎揚、持ってきてよかった。

それから数日後、警察から母に連絡が入った。ひったくり犯が捕まったという。同じ北《きた》区内に住む、十七歳の少年だった。少年はあちこちでひったくりを繰り返し、昨日逮捕されたそうだ。その少年の自宅から、母の財布が見つかった。ビバホームのポイントカードが入っていたので持ち主がすぐに特定できたらしい。

「ビバ様々だな」と母は言ったが、もちろん現金はなくなっていた。

「他の財布は現金だけ抜き取って捨てたそうですが、運良くあなたのだけ捨て忘れていたようですよ」と言われたそうだ。運良く、って言われてもなあ。

そのあずき色の四隅が擦り切れた財布とビバのカード（ポイント残高ゼロ）は、そのうち返されるらしい。すでにビバのカードは再発行してもらい、新しい財布を商店街の千円均一のワゴンセールで手に入れていた母は「今更もういらんけどなあ」と言ったが、そんなもん置きっぱなしにされてても警察だって迷惑だろう。

「捕まったんだ。よかったね」

翌朝登校中、佐知子に話すと顔をぱっと輝かせて言う。

「でもお金はやっぱり返ってこないらしいよ」

「そいつの親から取れないの。十七歳ならまだ親の責任じゃん？　でも十七で無職でひったくりして捕まるとか、もう終わってるよね。腐ってるわ。一体どんなやつなんだか」

話しながら学校に着き教室に入ると、なんだか様子が変だ。女子が教室の隅でかたまっている。

そのかたまりが私の顔を見るなり、一斉に駆け寄ってきて取り囲まれる。

「は、花ちゃん、本当なの？　花ちゃんのお母さんをひったくりした犯人、香川君のお兄さんって」

かけているメガネがずり落ちそうな勢いで桜井《さくらい》さんが私に詰め寄る。

「えええええっ」

佐知子と同時に声を上げてしまった。

「まさか、そんなことないよ。そんな話全然聞いてないもん」

「そうだよ、そんなことあるわけないよ。なんなんそれ？　フェイクニュース？」

佐知子が憤慨した声で言う。

「でも三組の大野《おおの》さんの家、香川君のアパートのすぐ近くなんだけど、大野さんのお母さんが昨日の午後パトカーが来てお兄さんが連れてかれたの見たんだって。近所が結構騒然としたらしいよ。あとで香川君家《ち》とつきあいがある町会長さんに話聞いたら、お兄さんがひったくりの容疑で捕まったんだって。お母さんはすごく泣いてたって。香川君のお兄さんって高校中退して、悪い仲間とつるんでたみたいよ」

「そんなの嘘だよ。だって香川君にお兄さんがいるなんて聞いたことがないもん」

「言いづらいからじゃない？　そんなお兄さんがいるとか。でも防犯カメラの映像が決め手になって逮捕されたっていうから決定的じゃない？　あっちこっちでやってたっていうし、怖いよねえ、あ、」

桜井さんの隣にいた山本《やまもと》さんが桜井さんを肘《ひじ》で突いた。桜井さんが口元を手で隠す。香川君が教室に入ってきたのだ。教室中の視線が香川君に集まる。香川君はまっすぐに前を向いたまま、硬い表情で自分の席に着いた。予鈴が鳴る。みなそれぞれの席に戻る。

机の中を探るふりをしてそっと後方の香川君の様子を窺《うかが》う。頬杖《ほおづえ》をついてうつむいている。

まさか。嘘だよね。そんなことあるわけないよね。もしそれが本当だったら、今日学校なんて来てないよね。でも。

不意に香川君が顔を上げた。瞬間、こわばった顔で目を逸《そ》らされる。

今まで見たことのない険しい顔つきだった。心臓がどきんと鳴って、墨汁《ぼくじゅう》をこぼしたみたいな暗い予感が胸に広がる。

噂は瞬く間に学年中に広がり、その日一日は女子も男子も香川君を遠巻きに眺めている感じで終わった。

「香川君に直接聞いてみたら？」

帰り道で佐知子が言う。

「そんなことできるわけないよ」

「そうだよね、もしふたりで話してたら、周りから絶対好奇の目で見られるもんね。噂が本当なら加害者の身内と被害者の身内なんだから」

加害者、被害者と聞いてひゅっと心が縮こまる。

「それで警察の人はなんか言ってなかったの？　犯人について」

「未成年だから詳しい情報は教えられない、って言われたって。今朝の新聞やテレビのニュースもチェックしたけど、報道してなかったし」

「もし噂が本当だとしたら、香川君のお兄さんこれからどうなっちゃうんだろ？　少年院とか？」

「まさかそこまで」

言いかけてはっとする。母が警察の人に勧められて「被害届を出した」と言っていた。怪我をしたので窃盗罪の上に傷害罪にもなるとか。もし本当に犯人が香川君のお兄さんだったら、どうしよう。お母さんに頼んで被害届を取り下げてもらおうか。そんなことできるのかな。できたとしても、警察で理由を聞かれたらどうしよう。

その日の夕食は、やはりその話題を避けて通れなかった。せっかく好きなかき揚げなのに、味がしない。

「警察の人に確認したけど、やっぱお金は戻ってこないらしいわ、いくら犯人が捕まったっていっても。その子ん家も困窮してるみたいで、逆さにしても返せる金なんてないらしいわ。まあ経済的に苦しいその気持ちは痛いほどわかるけどさ、でもだからってウチから盗るなよって話だよな。金が腐るほどあるゴルゴん家やグッチん家ならまだしも。でもまああのお金で、その子ん家が少しでも助かったんならいっか。いやよくねーか」

母が口の周りをかき揚げの油でテカらせながら言う。

「その子ん家」がどうも同級生の家らしい、とはやはり言い出せない。噂が本当だとしたら香川君のお兄さんはこれからどうなるんだろう。お母さんもどんな気持ちでいるか。それになにより香川君は。

「ねえ、被害届って」

「ん？　被害届？　被害届がどうした？」

「ううん、なんでもない。ごちそうさま」

翌朝、佐知子と通学路を歩いていると、前に香川君の後ろ姿があった。あ、と思ったがこれまでのように駆け寄れない。佐知子も気づいたようだが視線を落としてなにも言わない。でも今香川君になんて話しかける？

あんな噂は嘘だよね？　違うよね？

でも本当だったら。

全然気にしなくていいよ、香川君が悪いわけじゃないし、うちのお母さんの怪我もよくなったからさあ。

なにを言っても傷口を広げる気がする。今はそっとしておくのがいいのかもしれない。

数日経ってもクラス内では、香川君を敬遠する空気が続いていた。もしかしたらこの件で香川君がいじめの対象になったりするのではないかと危惧《きぐ》していたが、そういう方向にはいかず、お兄さんが半グレとか暴走族のヘッドらしいという微妙にねじ曲げられた噂が広がり、香川君はとにかくヤベー兄貴がいる人と認定され、アンタッチャブルな存在となっていた。千葉から引っ越してきたのも、この兄貴が反社な人々とトラブルを起こして地元にいられなくなったからだという、実《まこと》しやかな話まで伝わってきた。

ただ別のクラスの、髪を明るい色に染めうっすらメイクをしている、生活指導の先生に常に目をつけられている派手な女子グループが、休み時間にわざわざ香川君を見にきて、ひそひそきゃあきゃあ盛り上がっていて、意外なところからの反応があった。

私と香川君はあれ以来言葉を交わしていない。挨拶さえもしていない。香川君が私を遠くからでも認めると、ふいっと身体を躱して離れていくからだ。

「ババ臭いこと言うけど、こういうのを縁がなかった、って言うのかな」

佐知子はそう言うが、縁がないというか因縁があったというのか、もし被害に遭ったのが私の母じゃなければ、友だちとして続いていたのかな。私たちが直接どうこうしたわけじゃない、私たちがなにかしくじったわけじゃないのに。

ある日学校から帰ってくると郵便受けに白い角封筒が入っていた。田中花実《はなみ》様、とある。差出人の名前はない。私の住所も書いていないから、直接届けに来たようだ。楷書《かいしょ》で書かれたボールペンの字。どきどきしてうちに入り、ハサミで丁寧に封を切る。三ツ折りにされた白い便箋《びんせん》に「ごめんなさい」とだけ書かれている。それに千円札が三枚。しわしわでくたびれた千円札。

これは。こんなことをするのは。私に「ごめんなさい」という気持ちでいるのは。

香川君しかいない。

私は手紙と三千円を膝《ひざ》の上に置いたまま、しばらく動けなかった。

どうしよう、どうしたらいいの、これ。

つぐない、だろうか。自分のお兄さんがしでかしたことの。だとしたらやっぱり本当だったんだ。便箋の「ごめんなさい」の文字をじっと見る。香川君はどんな気持ちでこれを書き、お金を封筒に入れ、家まで持ってきてくれたのか。その姿を思うと、涙が溢れ出て便箋の上に落ちる。

明日返そう。それしかない。こんなお金はもらえない。香川君がこんなことをする必要はない。

「おっ、なんだ、いたのか。明かりもつけないで。制服も着替えてないじゃんか」

母の声で我に返り、慌てて手紙とお金をカバンの中に隠す。

「私もちょっと前に帰ってきたばっかりだから」

「そっか。そうそうお母さんな、バイト見つかるかも」

「ほんと？　よかったね」

「駅前の和菓子店なんだけど、どら焼きとか大福とかの接客販売の仕事」

「いいね。お母さん和菓子好きだし」

「ね、売れ残ったやつ、タダでもらえるかもしんないし」

「それ狙いなの？」

「それ以外になにがある?」

母が笑いながら夕食の支度を始める。私は隣の部屋に行き、手紙をクッチ財布と同じ文机の引き出しに入れた。三千円は別の封筒に入れカバンにしまう。

このお金は明日返そう、絶対に。

翌日は佐知子が委員会で遅くなるというので、ラッキーだった。三千円のことは、佐知子にも話していない。香川君はパズル部という謎部に入っているが、ほとんど活動がないので、授業が終わればまっすぐ家に帰る。

私は先に学校を出ると香川君の通学路を先回りして、途中にある児童公園のこんもりした沈丁花《じんちょうげ》の茂みの陰に身を隠した。公園はT字路の突き当たりにあり、香川君はここを右に曲がるのだ。茂みの間からまっすぐの一本道が見える。彼が来ればすぐにわかるはずだ。しばらくそこに身を潜めてじっとしていると、三歳ぐらいの女の子に「かくれんぼちてるー」と指を差される。若い母親がすぐに飛んできて「おねえちゃんの邪魔しちゃダメでしょ。ごめんなさいね」と言って女の子を抱きかかえると、遊具のほうへ行ってしまった。

女子中学生でよかった。賢人だったら怪しまれて通報されていたかもしれない。

道の先に香川君らしき姿を認める。来た。息を潜めてその時を待つ。香川君はまったく気づかない様子で歩いてくる。近づいてくる。たたたたっと鼓動が速くなる。今だっ。

「かっ、香川君っ」

茂みから飛び出さんばかりの勢いで顔を出す。

「おわっ」

香川君がバランスを崩してよろける。

「ごめんなさい、驚かせて」

「な、なんだ田中さんか。あーびっくりした。え、え、どうしたの？　こんなとこでなにしてるの？」

当然の疑問だ。

「香川君に聞きたいことがあって。あのお金、封筒に入ってた三千円」

香川君の表情が硬くなる。

「ちょっと待って。今そっちに行くから」

香川君が公園の中に入ってきた。嬉しくなって思わず駆け寄ろうとすると、香川君が右手のひらをこちらに向けた。

「ストップ、そのままそこにいて。で、回れ右して後ろ向いて。僕のほう見ないで」

「え、え、え」

戸惑う私に香川君が続ける。

「もし誰かにふたりで話してるところを見られたら、邪推されてまたなに言われるかわからないから。この道、ほかの生徒もよく通るから」

「う、うん」

言われた通り香川君に背を向ける。

「僕も反対を向いているから。このまま話をして」

そうか、これならふたりで会って話をしているようには見えないか。いやそうか？　なんだかひどく不自然な態勢のような気もするが大丈夫だろうか。案の定、先ほどの若い母親が子供を遊ばせながら、こちらをチラチラと見ている。公園にはほかに人はいない。

「ごめん。でも僕たち、あれだから」

香川君が言わんとしていることはわかる。そう私たちは被害者と加害者の家族なのだ。これは香川君の気遣いなのだろう。お互いに背を向け合ったまま話を始める。

「あの、ウチの郵便受けに入っていた手紙とお金、あれ香川君だよね」

香川君は黙っている。

「今日持ってきたの、そのお金」

カバンから封筒を取り出す。

「うん。でも心配しないで、あれは変なお金じゃないから。僕がお年玉とかお小遣いで貯めておいたお金だから」

「だったら尚更受け取れないよ、香川君のお金なんて。香川君がそんなことする必要ないよ」

「でもお兄ちゃんが、僕の兄がやったことだから」

「だけど」

言葉に詰まる。遠くで子供のはしゃぐ声がする。

「兄は」

かすれた声で香川君が言う。

「うん」

「兄は小学生まではごく普通の元気な子供だったんだけど、中学に入ってから悪い友だちとつきあうようになって、学校サボって家にも帰らないで繁華街をうろついて喫煙や万引きで補導されたり、たまに学校に行けば先生に楯突《たてつ》いて授業中騒いだり、テストではカンニングしたり、とにかくしょっちゅう問題起こして母親が警察や学校に呼び出されてたんだ。せっかくようやく入った高校も一週間でやめちゃって。子供の頃はやさしい兄だったのに。兄のせいで周りからも白い目で見られて、家族全員疲れ果てて、家ん中めちゃくちゃで、いろいろあって親が離婚して、僕たちは母の実家がある東京に引っ越してきたんだ。でも兄はこっちに来てから今までのことを反省したみたいで、心を入れ替えて真面目に生活するって言って、運送会社の仕分けの仕事を自分で見つけてきたんだ。そこで働き出したから、僕も母もほっとして応援してて。兄が初めてバイト代をもらった時、母にはブランドもののスカーフ、僕にはTシャツを買ってくれてさ、母なんか泣くほど喜んでいたんだけど、全部嘘だったんだ。バイトは三日でやめてた。イヤなやつがいて、人を小馬鹿にする言い方されてムカついたとかなんとかで。でもそのことを家族には黙ってて働いてるふりを続けてたんだ。ゲーセンやファーストフード店で時間潰してさ。それでひったたくり。バイト代って言ってたのは、ひったくったお金だったんだ。田中さんのお母さんから盗ったお金。そのお金で買ってもらったTシャツで僕は喜んでたんだから、僕が返すのは当たり前だよ」

「でもそれは香川君だって知らなかったんだから仕方がないよ。香川君が悪いことしたわけじゃないし。香川君がここまでしなくても」

「でも兄だから。兄弟だから。家族だから」

しぼり出すように言う。顔は見えないけど、今香川君は泣いていると思った。

「だからそのお金はどうか田中さんがもらっておいて」

言ったあとで香川君が洟をすすった。

「でもそれじゃあ」

「ううん、どうか、取っといて。お願いします。そのほうが僕の気持ちがラクになるから。ごめん、自分の気持ち押し付けて、田中さんには迷惑かもしれないけど、どうか」

最後のほうは喉の奥が詰まったような声になった。

「でもまだ全然足りないけど。あと二万七千円。高校生になったらバイトするから。いっぺんには無理かもしれないけど、毎月少しずつでも返すから。必ず返すから」

「そんなの、いいよ」

「そういうわけにいかないよ」

「じゃ、じゃあ二千七百円の十回払いでいいよ。ううん、二百七十円の百回払いでもいいよ」

「百回払いかあ、長いなあ。大人になっちゃうよ」

ははっ、と香川君が笑う。救われたようにほっとする。

「でもそしたら大人になってもずっと会えるね」

明るい声で返す。

「そうだね。うん、きっとそうだね」

大人になっても、か。私たちはどんな大人になっているだろう。佐知子は？　石井君は？

イマジン、想像してごらん、大人になった自分を。

ダメだな、今は全然想像できない。今とあんまり変わらない気もするし、随分変わっているようにも思える。でもちゃんと働いて稼げる大人になろう、それはこの前も思った。真理恵ママからお金をもらった時に。そうだ、私は小さい頃からそんなふうに思う子供だった。ちゃんと働いてお母さんにラクをさせよう。そう思っていた。そのことを久々に思い出した。

「田中さんはもう行ったほうがいいよ。長くなると誰かに見られる危険性が高くなるから。時間をずらして別々に出よう。田中さんが先に行って」

「う、うん」

と言っても、出入り口は一箇所しかない。背を向けている香川君の横を、身を縮こめて足早に通り抜ける。

「あ、待って」

「えっ」

反射的に振り向く。

お互い今日初めてしっかり顔を見る。目が合う。

「葉っぱ、頭に。頭に葉っぱがついてる」

香川君が右手で自分の頭を指しながら言う。

「え、ホント？　どこ」

さっき隠れていた時ついたのだろう。私も右手で自分の頭を掻《か》く。

「あ、違う、右じゃなかった、田中さんから見て左」

「え、ここかな？」

「違う、もちょっと左、上のほう、まだ取れない」

「ここかな？　どう？　取れた？」

「ダメ、まだついてる」

すっと香川君が近づいてきて手を伸ばす。髪に触れた感触が伝わる。ほわっとそこだけしびれたようにあたたかくなる。

「取れたよ、ほらこれ」

私の手に乗せる。思ったより大きめな葉っぱだった。

「こんなのが、頭に」

「たぬきじゃないんだから。違うか、きつねだっけ。頭に葉っぱ乗せて化けるの」

「どっちもじゃない？」

声を立てて笑い合う。香川君がはっとした顔になり秒速で背を向ける。

「じゃあまた明日」

「うん、また明日」

夏服の白い背中に言う。香川君のシャツはいつもピンとしていて、きっぱりと白い。お母さんがちゃんと洗濯してくれるんだろう。会ったこともないのに香川君のお母さんが白いシャツを干している姿が浮かぶ。

葉っぱを手にしたまま、一度も振り返らずに家まで帰った。


「和菓子屋のバイト、ダメだったよ」

その日の夕食時に母がぽそりと言う。

「女子大生の子にしたみたい。ほら、店の近くに女子大があるじゃん。あそこの学生。まあそりゃそうだろうな。同じお金出すんなら、若くてかわいい娘《こ》のほうがいいやね。お母さんが雇い主だったとしてもそうするもんなあ。仕方ない、仕方ない」

と言いつつ、声にがっかり感が滲み出ていた。

「縁がなかったんだよ。また別のとこ探せばいいじゃない。焦んないでじっくり探せばいいよ」

母が箸を止めてじっと私の顔を見る。

「なにかいいことあった？」

「えっ」

咄嗟に香川君の顔が浮かぶ。三千円のことも。いいこと、なのかなあ。いや災い転じて、って言ったほうがいいのかな。

「ま、いいけど。花のいいことは、お母さんにとってもいいことだからね」

「ん、んん」

香川君の三千円はクッチの財布に入れておいた。計三万三千円。損失を補填するどころか増えている。誰にも言えない秘密のお金。私のスイス銀行は文机の引き出しの中にある。

「やっぱいいことあったんだね。笑ってるもん」

お金のことを思ったら、自然と笑みがこぼれていたようだ。いやいやお金のことだけじゃない。今日香川君と公園で約束したことも。

「ほら、また笑ってる」

「えー、そうかなあ」

自分の頬を撫《な》でる。

「いいよ、いいよ。花が笑ってることが一番。お母さんはもうそれだけでいいんだ」

母の目が潤んでいた。それをごまかすように、母は勢いよく丼のご飯をかき込んだ。

七月上旬に期末試験が終わった。この一ヶ月ほどいろいろあったが、平均点は中間テストを少しだが上回っていたのでほっとした。佐知子は「いつもより頑張った」と言っていたが、数学のテストが自己最低点を更新したとかで、「おかしいなあ。確かに手応えあったんだけどなあ」としきりに首をかしげていた。

今日は午前授業で給食を食べたあと、久しぶりに部活に出て帰ってくると、玄関に黒い革のローヒールがきちんと揃えてあった。冷気を頬に感じる。

誰か来ている。うちはこの時季、お客さんが来た時以外は冷房を入れないのだ。

「花？　早かったね、お帰り」

狭い台所を挟んだ和室から母の声がした。

見ると、母と向かい合わせに薄緑色の背中があった。こちらを振り向く。

「お邪魔しています」

黒い髪を後ろでひとつに束ねた女の人が頭を下げた。

「こ、こんにちは」

初めて見る。誰だろう。

「花も着替えたら、こっちおいでよ。麦茶と今頂いた美味しいお菓子があるから」

美味しいお菓子？　この女の人が持ってきたの？　なんで。

あっ、もしかして香川君のお母さん？

そうだ、そうだ、きっとそうだ。うちに美味しいお菓子を持って訪ねてくる人なんてほかにいない。どうしよう、あのお金のこと言うべきか。いやそれはダメだろう、香川君は親に内緒でしたことだろうし、私も母に黙っていたことがバレてしまう。

でもお兄さんがひったくったお金を香川君が返済してくれる（予定）上に、そのお母さんにお菓子までもらったらさすがに悪い。いやもしかしたらこのお母さんもお金を返しに来たのかもしれない。そうだったらもっと悪い。二重取りになってしまう。真理恵ママからの志を入れたら、とんでもない焼け太りだ。

やっぱり正直に全部話すしかない。でもそうなると香川君との約束は反古《ほご》になってしまう。どうしよう、どうしよう。隣の部屋で着替えながら考えをめぐらせるがいい案が浮かばない。仕方がない。もうどうにでもなれ。やぶれかぶれの気持ちで和室に顔を出す。

「ああ、来た来た。花もここ座って」

母が自分の隣を見やる。いつも食事をする木製テーブルの上に、あんこが透けて見える大きな大福と水滴をつけた麦茶のグラスがあった。

「これ、吉澤《よしざわ》さんに頂いたの。川口《かわぐち》の有名な老舗のだよ」

ん？　吉澤？　川口？

「こんにちは」

女性がやわらかい笑みを浮かべて会釈する。母と同じぐらいの年代に見えるが、色白で顔立ちの整った綺麗な人だ。

「タツヨさんから、真千子さんはあんこの餅菓子がお好きとうかがっていたので」

タツヨ？　タツヨ、タツヨ、誰だっけ。どっかで聞いたことがあるような。

あっ。

ドクロに皮一枚みたいな老婆の顔が蘇《よみがえ》る。ギスギスと筋張った体つきも。

ああ、おばあちゃんか。二年前に会ったきりの。それまで死んだと聞かされていたのに、ある日突然現れて、突然いなくなったおばあちゃん。私の写真が欲しいと言って、私が家に取りに帰っている間に姿を消していたあのおばあちゃん。

とするとこの吉澤っていう人はおばあちゃんの知り合いなのか。香川君のお母さんじゃなかった。取り越し苦労でほっとする。でもおばあちゃんの知り合いが、なんの用でうちに来たんだろう。不思議に思いながらも「いただきます」と言って大福を頰張ると、皮がやわらかく、あんこは上品な甘さで美味しい。

「タツヨさんは職場ではご自分のことをほとんど話さない人だったんですが」

吉澤さんの言葉に「おばあちゃん、働いてたんだ」と思わず言うと、

「清掃の仕事してたんだって」

母が言い、麦茶のグラスに口をつける。

「はい、清掃専門の会社から、川口市内の家電メーカーの工場に派遣されていました。私のほうがあとから入ったので、タツヨさんにいろいろ教えてもらったんです。タツヨさんはとても親切でやさしい方でした」

「ええっ、あの人が？」

母が素《す》っ頓狂《とんきょう》な声を上げる。私は「やさしい方でした」と過去形になっていることが引っかかった。

「はい、それで休憩室なんかで私とふたりだけになった時には、ぽそっと話してくれることがありました。お孫さん、花ちゃんのことを」

「えっ、私の？」

「ええ、いつだったかタツヨさんに『大学ってどれくらいかかるのかね』って訊かれたことがあります。『お孫さんですか？』って私が訊くと『あたしの孫が大学だなんて嘘みたいだろ？　でもこの子がなかなか賢いんだわ。嘘じゃあねえよ、ホントだよ』って嬉しそうに。だからこのお金にはそういう気持ちも入っていると思います」

吉澤さんがテーブルの上の白い角封筒に細い指を揃えてこちらに押しやる。

「生前タツヨさんが希望された通りに、ご遺体は火葬式にして、お骨は無縁塚に埋葬しました。火葬式はいいとしても、無縁塚というのはあまりにも寂しいのではないかと思いまして、何度も確認してみたんですが、どうしてもという本人の強いご希望だったので」

え、え、ご遺体？　火葬式？　無縁塚？

驚いて母を見るとまったくいつもと変わらない様子で、

「死んだんだって、あの人」

あっさり言う。

「え、え、え、嘘」

「今度は本当」

また顔色ひとつ変えずに言う。

「こう言ってはなんですが、タツヨさんの去り際は見事だったと思います。私は死後事務委任契約を頼まれて、死亡届の提出や火葬式の手配、家賃や公共料金の支払いや解約をしましたが、それに対する報酬はきちんと頂いています。そんなのはいらないと言ったんですが、そこはきちんと受け取ってもらわないと困るとタツヨさんも頑として譲らなかったもので。その契約書のコピーと私の報酬の領収書もこの中に入っています。それから住んでいたアパートの部屋の後片付けも頼まれまして、こちらは片付け専門の業者に依頼するよう言われていたのですが、タツヨさんは持ち物が本当に少なくて、部屋には必要最低限のものしかありませんでした。ご自分で少しずつ片付けていらっしゃったようですね。こんな感じのお部屋でした」

吉澤さんがスマホ画面を見せてくれた。日に焼けた畳の和室、クリーム色の地に花柄のカーテン、部屋の真ん中に小さなテーブルと草色の座布団がひとつ。テーブルの上の小さな空き瓶には、白い小花が挿してある。見るからに、倹《つま》しい暮らしを感じさせる風情が漂っている。

「部屋にはテレビもありませんでした。目が疲れるし、観たい番組もないからって。その代わりラジオはよく聴いていたみたいです。特にラジオの電話相談がお好きで、時々その話をしてくれましたよ。この前聴いたラジオの電話相談でこんな悩みを抱えた人がいた、とか」

言いながらなにかを思い出したのか、吉澤さんは視線を自分の手元に落とし唇を噛む。そしてひと呼吸置くと顔を上げた。

「ですから業者に頼むまでもないと思い、私のほうで処分させていただきました。市の粗大ゴミ回収を利用して、陶器類は不燃ゴミ、ほかは可燃ゴミで出せました。だからタツヨさんが見積もっていたより費用はずっと安く済んだんですよ。その明細も封筒の中に入れておきました。それからタツヨさんの預金通帳と生命保険の証券とその他必要な書類も入っています。死亡保険金の受け取りは真千子さんになっています」

母が隣で身を硬くしたのがわかった。膝の上で握った拳《こぶし》が白い。

死亡保険金。本当に死んじゃったんだ。

「タツヨさんからおふたりに渡すよう頼まれたのは主にこの二点で、ほかのものは自分の死後すべてひとつ残らず処分して欲しいと言われました。ですからそのようにしたのですが」

吉澤さんが傍らに置いてあった黒いバッグからノートを取り出した。よくあるB5サイズのノートだ。三冊もある。表紙に黒いペンで数字が振ってある。

「でもこれは、これだけは処分できなくて。タツヨさんの遺志に反することになりますが、これだけはどうしても私には捨てられなかったんです」

「それはなんですか?」

母がかすれた声で訊く。

「タツヨさんが書かれていた日記のようなものです。申し訳ありませんが、中を読ませていただきました。読み始めてすぐにこれは捨ててはいけない、そう思いました。読み進めるうちにますその思いは強くなって、最後には、これは絶対に捨てちゃダメだ、と確信しました。

先ほど申しましたようにタツヨさんは自分からは進んで家族の話はしませんでしたが、それでも時々こぼれ落ちてくる言葉から、娘さんと疎遠になっていることは伝わってきました。どこの家でもいろいろありますから、私も深くは聞きませんでしたが、それでも自分の死後の後始末を、子供ではなく他人の私に頼み込んで自ら無縁塚に入るだなんて、よほどのご事情があるのだと思います。真千子さんも花実さんも、タツヨさんに対しては複雑な思いがあるのだろうとお察しします。

ですからこのノートをお渡ししてよいものか、随分考えました。タツヨさんは自分の死後、針一本残さずすべて廃棄して欲しいと言っていましたから。このノートは、もしかしたらタツヨさんの中では、一番処分して欲しいものだったかもしれません。もしタツヨさんがこのことを知ったら私はとても叱られると思います。でも私にはどうしてもこれを捨てられない。捨てることができない。ご迷惑を承知でお願いします。どうかこれをお持ちになっていてください。中は読まなくてもいいです。ただ受け取ってくださるだけでいいです。どうか、どうかお願いします」

吉澤さんが膝に手をつき深々と頭を下げる。母がノートの表紙をめくったが、一瞬で閉じる。

「そんな、どうぞ顔をお上げください。こちらこそいろいろご迷惑をおかけして、お手を煩わせて申し訳ないです。ではこのノートはこちらで引き取らせていただきます」

母の言葉に顔を上げた吉澤さんの潤んだ目から涙がこぼれる。それに比べて、肉親が亡くなったというのに一粒の涙も出ない私たち。実感がないのだ。私が祖母に会ったのは一回だけ。まさかあれが最後になるなんて。それもあんな別れ方で。

祖母の顔を思い出そうとすると、質の悪い荒れた画像のようになる。

その後の母と吉澤さんのやり取りからこれまでのことが徐々にわかってきた。亡くなったのは約一ヶ月半前で、おばあちゃんは春頃から体調を崩し仕事も休みがちだったという。ひとり暮らしということもあり、おばあちゃんは「万が一のために」と毎朝決まった時間に、生存確認の電話を吉澤さんに頼んでいたそうだ。

「いつも約束した七時二十分に電話をかけると『はいはーい、今日も生きてますよお』っておどけた声で出られるんですが、あの日の朝は呼び出し音がいくら続いてもまったく電話に出なくて。いつもなら大抵三コール以内でつながるのに。嫌な予感がしてすぐにタツヨさんのアパートに向かい、以前から渡されていた合鍵で開けてみると、タツヨさんはお布団の中で丸まっていました。

身体を揺すっていくら呼んでも返事をしないので、すぐに救急車を呼びましたが、救急救命士の方が駆けつけた時には、すでに息をしていませんでした。警察にも連絡をして、私もいろいろ訊かれました。自宅で亡くなられた場合は、不審死ということで死因を特定するために遺体は病院に運ばれるとのことで、私も付き添って救急車に乗り込みましたが、うっすら口を開けて血の気のないタツヨさんの顔を見ても、亡くなったことが信じられなくて、身体の芯がずっと震えていました。

病院で医師による検死の結果は、病死ということで、警察の方からも不審な点はないと言われましたので、タツヨさんが生前決めていた葬儀社に連絡しました。タツヨさんはお通夜も告別式もない火葬式を希望されていたので、そのまま葬儀社が手配してくれた車で火葬場に行き、霊安室で翌々日まで過ごされたあと、火葬されました。見送ったのは私ひとりでした。以前タツヨさんからは、職場のほかの人にも知らせないで欲しいと言われていましたので。タツヨさんは『あたしなんてその辺の土にでも埋めてくれるのでいいんだけど、そういうわけにもいかないらしくてね』と言うんで、『そんな、金魚じゃないんだから』って返しましたが、私のほうが泣けてしまってタツヨさんを困らせてしまったこともありました。

でも自分は親族にさんざん迷惑をかけて嫌な思いをさせて生きてきた人間だから、せめて最後ぐらいはその人たちの手を煩わせることなく、静かにひっそりと逝きたいというのが一貫した希望でしたので、このような形になってしまいました。申し訳ありません」

吉澤さんが白いハンカチで口を押さえ、また頭を下げる。

「いや、もうそんな。こちらこそそんなにまでしていただいて申し訳ない気持ちでいっぱいです。本当にありがとうございました」

母も頭を下げる。その後もふたりはなにか話していたようだが、私の頭には入ってこなかった。突きつけられた事実が大きすぎて受け止めきれない。キャパオーバーだ。

しばらくして吉澤さんは帰っていった。テーブルの上には吉澤さんが持ってきた封筒と三冊のノートと、母と吉澤さんが手をつけなかった大福がそのまま残されていた。

「食べていいよ」

母がテーブルの上を片付けながら言ったが、もう大福どころじゃない。首を振ると「じゃあお母さんが食べちゃうよ」と言って母はふたつともペロリと平らげ、いつものように夕飯の支度を始めた。

「びっくりしちゃったよね」

母がこちらに背を向けたまま、ネギを刻みながら言う。

「火葬式って、火葬だけやってくれるのがあるんだね。直葬《ちょくそう》とも言うんだって。最初聞いた時、産地直送の直送かと思っちゃった。死んですぐ火葬場に直送だから」

ははは、と声だけで笑う。私は膝を抱えてテーブルの上のノートをじっと見ていた。

「それにしても無縁塚ってさあ。まあこっちはラクでいいけど」

ネギを刻む手は止まっていた。

夕飯はいつもと同じようにテレビを見ながら食べた。母はバラエティ番組を見て声を上げて笑ってさえいた。吉澤さんが持ってきた封筒は棚の引き出しにしまわれ、ノートは部屋の隅に置いてあった。

テレビ画面に向けられた母の横顔に訊く。

「あのノート、読んでもいい？」

「いいよ」

間髪をいれず返ってきた。

お母さんは読まないの、という言葉は喉で止まって出てこなかった。

星に願いを

お風呂から出たあと、文机《ふづくえ》に向かいノートを開いてみる。母は隣の部屋で先に寝ていた。そこには鉛筆書きの文字がびっしりと並んでいた。初めて見る祖母の字。クセのある右肩上がりの字。薄くなったり濃くなったり。決して上手《うま》くはないが、一生懸命書いているとわかる切実さのようなものが滲《にじ》んでいた。

7月8日

こうしてまともに紙になにかを書くのなんて何十年ぶりだろう。最近は字なんてほとんど書いていない。もう何十年も年賀状すら書いてない。出す人もくれる人もいないから。

でもこうやって書くことはいいことなんだって。ラジオの電話相談の先生が言っていた。書くことで自分の気持ちに整理がつくから。気持ちを吐き出すことでストレス解消にもなるらしい。そうかねえ。でも先生が言ってるんだからそうなんだろう。

毎日じゃなくてもいいんだって。なにかあった時だけでも。それならあたしにもできそうだ。どうせ夜はひとりでやることもない。難しい字や言葉は辞書でちゃんと調べて書こう。これもボケ防止、頭の体操だ。しばらくやってみるか。

7月11日

年寄りの孫自慢ほどみっともないものはない、とあたしは思っている。だからあたしは人前では絶対孫の話はしないんだけど、休憩時間や昼休みは、どうしてもその手の話が多くなる。

特に伊原《いはら》のジイさんはひどい。小学生の孫の覚えがよくて、幼稚園の頃には九九が言えて、難しい漢字も書けた、その上性質もやさしくて本当にかわいらしい、ぐらいまでならまだいいんだが、そのうちその母親である自分の娘の幼少期から現在に至るまで、いかに輝かしい道を歩んできたか、その娘が選んだ結婚相手の男性がどれほど優秀で人格者かという話にまで及《およ》ぶ。おかげで一度も会ったこともない伊原のジイさんの娘やその旦那《だんな》がどこの学校で（いずれも難関有名校だそうだ）、どこの学習塾に通い（そこでも成績優秀だったそうな）、どの部活に入っていたか（そこでも大活躍で表彰されたそうな）、事細かに（知りたくもないのに）知っている。内心うんざりなんだが、これも仕事のうちと思って、へえー、ほう、へえーと唸《うな》ってやるとジイさんは実に満足そうな顔をしている。ジイさんは現場の班長だ。別にジイさんから給料もらってるわけじゃないが、職場では波風立てたくない。働きにくくなったら自分が損するだけだ。人間関係こじらせて別のとこに行ったって、嫌なヤツはどこにでもいる。どこに行ってもおんなじだ。だからつまらん自慢話くらいテキトーな相槌《あいづち》打って端《はじ》から聞き流しときゃいい。

でもそれができない人もいるようで、ジイさんの自慢話が出始めると、中村《なかむら》さんは露骨に顔をしかめ、わざと大きな音を立ててドアを閉め、出て行ってしまう。時には「あー、もうわかったわかった」とつくづくげんなりした表情でジイさんの話を遮《さえぎ》ることもあった。

そのあと伊原のジイさんは決まって「自分が家族に見放されてひとりぼっちだから僻《ひが》んでいやがるんだ、クソジジイめ。そんなだから家族に捨てられるんだよ」と忌々《いまいま》しそうに吐き捨てる。

中村さんは離婚して団地でひとり暮らしをしていると聞いた。子供もいたが何十年も会っていないらしい。

「年寄りが年寄りにマウント取ってどうすんだっての」

新田《にった》さんがあたしにだけ聞こえるように言った。

「マウントってなあに？」

「若者言葉で相手より上のポジションを取ることさ。伊原さんの場合は、こんなに素晴らしい娘を育てて、いい孫に恵まれた自分はここにいるみんなより格が上だって知らしめて優位に立った気でいるんだろ。はぁ、くっだらねえ。他人を羨《うらや》ましがらせて、自分の幸福を再確認するとか、はぁ、しょうもねえ」

「ふうん、マウントねえ」

新田さんはあたしとそう変わらない年齢のバアさんだが、今時の言葉をよく知っていた。テレビをよく観《み》ているかららしい。

そういう新田さんは十歳年上の旦那とふたり暮らしで、息子夫婦が近所に住んでいる。大学生と高校生、どちらも男の子の孫がいるが、この人が話すのはもっぱら旦那のことだ。この旦那がめちゃくちゃ丈夫らしい。大病はもちろん、六十年以上風邪を一度もひいたことがなく、怪我《けが》にも無縁、病院にもかかったことがないという。健康保険をあまりにも使わないので、組合から感謝状と記念の置き時計をもらったとか。丈夫でいるとそんなものがもらえるのかと驚きつつ、「健康が一番、健康って人生の財産だよ。大きな財産持った人と結婚したのと同じだよ。いい旦那じゃないの」と言ってやると、「単に馬鹿なのよ、馬鹿。馬鹿は風邪ひかないっていうでしょ? それよ、それ。病気のほうが嫌がって逃げちゃうのよ」と卑下した口ぶりとは裏腹に満面の笑みを浮かべて言う。そのあとは決まって雨宮《あめみや》さんがあたしのそばに来て「健康自慢しやがって」と小声で言うのだ。雨宮さんの旦那は若い時から体が弱く、仕事を早期退職して今も入退院を繰り返しているらしい。

「あのババアが旦那の健康自慢するたんびに、うちの旦那が人間として不良品なんだって言われてる気がするんだよ。年がら年中寝込んでる旦那を持ったあたしへの当てこすりしてるんだ」と悔しがる。

かと思うと、今度は新田さんが「今朝また皿割っちゃった。お気に入りのコーヒーカップだったのに。買ってまだそんなに経《た》ってないのよ。先週もスープ皿割ったし。なんでかしらね、手が滑るっていうけどホントに指先に指紋がなくなったかと思うくらいツルンと滑って落としちゃうのよね。今までどれだけの瀬戸物割ってきたことか」と嘆くと(新田さんは口調が時と場合、相手によって恐ろしいほど変わる）、雨宮さんが、「あらあ、あたしは嫁に来てから一度も割ったことないわあ。だから皿が全然減らないのよ。たまには新しい食器を買いたいのに」と返す。

「すごいわねえ。しっかりしてんのね。私はおっちょこちょいだから」

「違うわよ。安物の皿だからよ。安いのは割れないのよ。お宅はいい食器使ってるんでしょ。高いやつ。旦那が資産持ちの人はいいわねえ」

「そんなんじゃないわよ」

言ってふたりとも、少しむっつりした顔をしている。こうなるとどっちがマウントを取っているのかわからない。

ある時、宮本《みやもと》さんが、どら焼きをお茶菓子に持ってきてみんなにくれた。このあたりでは名の知れた和菓子屋のだ。みんな美味《おい》しい美味しい、さすが老舗《しにせ》のだ、と口々に言って食べていると、川崎《かわさき》のジイさんが「あそこには栗《くり》が入ってるやつもあるね」と言った。栗が入ってるほうが高い。宮本さんは顔を赤くして「そ、そうですね」と小声で言った。

川崎のジイさんはいつもひと言多いのだ。だが本人は、その自覚がまったくない。

前にも田代《たしろ》さんの孫が第一志望の高校に合格したと嬉《うれ》しそうに話していると、川崎のジイさんが「あの辺には南原《みなみはら》高校もあるよね」と言った。南原高校のほうが、ランクが上らしい。田代さんは露骨に嫌な顔をしたが、ジイさんは全然気がついていない様子だった。また辻井《つじい》さんの大学生の孫が教員志望で今教育実習に行っているという話が出た時は、「最近は先生の犯罪が多いよなあ。毎日のようにニュースでやってるじゃないか。昨日もパンツ泥棒で捕まった先生のことニュースで見たぞ」と川崎のジイさんが言い、さすがにこの時は休憩室中の空気が凍った。だが本人は「どこ吹く風」といった風情でなにも感じていないようだった。ジイさんにしてみれば、自分が言っていることは事実だし、悪気はない、深い意味もない、ただぱっと頭に浮かんだことが口から出ただけなのだろう。子供と同じだ。

だが子供の頃そうでも、この年齢になるまでに経験から学んで改めるもんなんだが、稀《まれ》にそのままの人がいる。もうこの歳《とし》までそれで来たんなら、この先も直ることはないだろう。でもそのほうが幸せなのかもしれない。

気づいてしまったら地獄だ。今まで自分がやってきたことの間違いに、自分の愚かさに気づいてしまった日から身を苛《さいな》む苦しみが始まる。川崎のジイさんも、ここまでそれで来たんならそのまま行けばいい。

教訓・余計な口はきかんほうがよい。沈黙は金、とはよく言ったものだ。

7月23日

「かわいいおばあちゃんにならなくちゃダメよ」

新田さんが事あるごとに口にする。

かわいいばあさん、なんじゃそりゃ。若い時ですらかわいくなかったのに、今更どうやったらかわいくなれると言うんだ。

そうだ、あたしは小さい頃から「かわいくない」と言われてきた。かわいくない子だと。実の両親に。

「まったく本当にかわいくない子だよ」

そう言われてぶたれるたびに、あたしは本当にかわいくない子供になっていった。頰《ほお》をさすりながら顔だけでなく根性も歪《ゆが》んでいった。すると今度は「ひねくれた子だね」と言われてまたぶたれる。さらにあたしはひねくれた子供になる。

「育てたように子は育つ」って誰の言葉だっけ。電話相談の先生が言ってたんだか。本当にその通りだね。あたしは親に「かわいくない」「ひねくれてる」と言われ続け、本当にそういう子になった。だからまた余計にぶたれる。それが当たり前の生活だった。ほかの兄弟も同じだった。男兄弟はゲンコツで容赦《ようしゃ》なく殴られていたから、あたしはまだましだったかもしれない。あれでも女の子には手加減してくれていたのだろう。もっともこれはウチだけじゃない。程度の差はあれ、あの頃は近所の家も似たようなものだった。大人は子供を殴るものだと、そうやって言うことをきかせるものだと、世間中が思っていた。

学校の先生だってそうだ。当時の先生はよく生徒を殴った。あたしが知っている先生のほとんどはそうだった。だからひたすら学校の先生は怖かった。

でも篠原《しのはら》先生は違った。あの先生だけは違っていた。あたしが小学二年生の時の担任。まだ大学を出たての若い男の先生だった。背が高くて瘦《や》せていて、笑うとますますやさしい顔になった。いつも麻の開襟シャツを着ていて、それがよく似合っていた。ほかの服装も見ていたはずなのに、なぜだか思い浮かぶのはいつも半袖の開襟シャツを着た姿だ。

篠原先生は丁寧な言葉遣いで、男子も女子も名前を「さん」付けで呼んだ。男の先生で、当時それは珍しいことだった。タツヨさん。先生のやわらかい声でそう呼ばれると自分が大切なもののように思えた。タツヨッ。家で名前を鋭い声で呼ばれると全身がビクッとして身が硬くなった。それは怒られるとか殴られるとかの合図だから。

先生はなにがあっても決して声を荒らげるような人ではなかった。静かな声でみんなを諭《さと》した。ある日、先生が突然家を訪ねてきた。やっぱり半袖の白い開襟シャツを着ていたから夏だったんだろう。あれはなんでやってきたのか。あたしがあまりにも勉強ができなかったからかもしれないし、親にぶたれた時昏の端を切ってかさぶたを作っていたからかもしれない。とにかく先生がウチに来たことがあった。

家には母さんしかいなかったが、突然の訪問に母さんは怖い顔をして、あたしに「外に行っていろ」と脅《おど》すような低い声で言った。家のなかでなにを話しているのか、気になって仕方がなかったが、盗み聞きする勇気もなく、庭のオシロイバナの黒い種を集めてひだの取れかかったスカートのポケットに溜《た》めていた。

うさぎのフンみたいにコロコロしたオシロイバナの種を爪で割ると、うす茶色の皮に包まれた種子が出てくる。それを潰すと中から白い粉がこぼれ落ちる。昔の女の人はこれを顔に塗っておしろい代わりにしたらしい。だからオシロイバナ。そんなことを教えてくれたのは、近所に住んでいたふたつ年上のショウコさんだった。ショウコさんはオシロイバナの種子を指先で潰すと、自分の手の甲に塗ってみせた。

「ほら、白くてすべすべになるよ」

触ってみるとほんとうになめらかになっている。

「これでお化粧したら、綺麗《きれい》になる?」

「なるよ、大人の女の人みたいに綺麗になるよ」

ショウコさんが八重歯を見せて笑った。

あたしは地黒で事あるごとに親から「器量が悪い」と言われていたから、このオシロイバナで綺麗にしたら父さんや母さんに好かれるんじゃないかと思い、ある日庭先で種子をいくつも潰し念入りに顔中に塗りたくって、ついでに紅色のオシロイバナを指で搾って唇に塗りつけた。頭の中では、いつか街に行った時に見かけた映画ポスターの女優さんみたいになっていた。

はちきれそうにワクワクした気持ちで、畑から帰ってきた親の前に、待ってましたとばかりに飛び出し、にっこりしてみせると、一瞬ふたりは揃《そろ》ってポカンとした顔になった。が、次の瞬間、割れるほどの大声で笑い出す。それはもう腹の底から湧き出すような太い笑い声でふたりは実際腹を抱え、互いの肩を叩《たた》き合ったりして尚《なお》も笑い続けた。あまつさえ家の中にいたほかの兄弟たちを大声で呼び、あたしを指差す。あたしを見た彼らは身をよじって文字通り笑い転げた。お化け、お化けと口々に囃《はや》し立てながら。

あたしは大急ぎで家に入り母の三面鏡を開くと、思わず「ひっ」と声を出してしまった。奇妙に真っ白い顔に唇の輪郭《りんかく》から大きくはみ出した赤い口。まるで西洋の道化だ。あたしは水道場に行き、急いで顔を洗った。洗いながら泣いた。親、兄弟の笑い声がいつまでも耳の底に残った。それ以来、オシロイバナの種を割っていない。

そんなことを思い出しながらしばらくすると古い引き戸が開いて、先生が出てきた。庭にいるあたしを見てやさしく微笑《ほほえ》む。

「タツヨさん、明日もちゃんと学校に来るんですよ」とやさしい声で言う。背の高い先生は少し屈《かが》んで私の顔を覗《のぞ》き込むようにして「なにかあったらいつでも先生に言いなさい。約束ですよ」とあたしの頭をそっと撫《な》でた。

あたしはポケットに手を突っ込み、握り拳を先生に突き出した。

「なんですか?」

差し出した先生の手のひらの上で拳を開く。

「オシロイバナの種かな。先生にくれるんですか?」

黙って頷《うなず》く。

「ありがとう。先生もオシロイバナは好きな花ですよ」

先生はズボンのポケットから真っ白いハンカチを取り出し、それでオシロイバナの種を包んだ。それをまたズボンのポケットにしまうと「さようなら、また明日学校で」と言って背を向けた。夕闇に紛れていくその白い背中を、あたしはずっと見ていた。

結局先生が母になにを話したのかはわからない。だがこんなことがあったあとも、親の態度は変わらず、あたしは相変わらずよく怒鳴られ、ぶたれていた。

なにかあったらいつでも先生に言いなさい。

あたしはその言葉を何度も蘇《よみがえ》らせた。なにかあったらの「なにか」ってなんだろう。親に怒られることとか、ぶたれることとか。でもそんなのはいつものことだ。ほかの兄弟たちもやられてる。小さい頃からずっと。それに怒られたりぶたれたりするのは、あたしが悪いのだ。親にそんなことをさせるあたしが悪い。そう思い込んでいた。

家で、くだらないことで笑っていると「ゲシゲシするなっ」と言って頭を叩かれたし、黙っていると「ブスったれてるんじゃないっ」と言って頬をぶたれた。今までだってずっと。だからこれは先生が言う「なにか」ではない気がした。先生が言う「なにか」はきっともっと大変なことだ。これは違う。こんな程度のことはまだ先生に言うべきじゃない。

でも先生の言葉はお守りだった。なにかあったら先生があたしを守ってくれる。そう思うだけで心強かった。先生はあの頃のあたしのたったひとりの味方だった。親は味方じゃなかった。敵でもなかった。ただ生まれた時からあたしのすべてを支配している人たちだった。逆らったらこの家にはいられない。ここを追い出されたら生きていけない。

先生はあたしのことを気にかけてくれた唯一の大人だった。誰もあたしのことなんか気にかけちゃくれない。ほかの兄弟は自分のことで精一杯だったし、親も家族で日々食っていくだけで精一杯だった。子供が九人と多いのも、貧しい農家というのもいけない。余裕がないのだ。他者に心を砕くゆとりがない。九人兄弟というのは当時でも多いほうだった。親は、ひとりふたり死んでも構わない、くらいに思っていたのかもしれない。だからあんな扱いができたのだろう。

だが篠原先生はあたしたちの学級をたった一年受け持っただけで、遠くの学校へ行ってしまった。先生はあれからどうしただろう。その後一度も会っていない。でも多分もう死んでるな。教え子がこんなバアさんだもの。先生は絶対天国に行ったね。先生が天国に行けないんなら、ほかに誰が行く？　じゃあやっぱりもう会えないや。あたしは地獄に行くから。

先生、あたしはあれから先生に聞いて欲しかった「なにか」がたくさんありました。

8月2日

「あの人はナムナムだから」

両手をこすり合わせながら新田さんは近藤《こんどう》さんのことをそう言う。ナムナムというのは南無南無のことのようで、新田さんによると近藤さんは新興宗教に入っているらしい。近藤さんはあたしより少し下みたいだが、十年ぐらい前に旦那が亡くなって、ひとり娘は静岡《しずおか》に嫁いだらしい。

「その娘が産んだ子が病気らしいんだわ。なんか難しい病気みたいで。そんでその弱ってる心の隙につけ入られたんだろうね。やつらはそういうのを狙ってくるから。うちの宗教を信仰すれば病気が治るとかなんとか言われたんじゃないの？　は？　そんなんで治るんなら医者いらねえっつーの。まあ、藁《わら》にでもすがりたくなる気持ちはわかるけどね。でも新興宗教の献金ってのは根こそぎだかんね。全部持ってかれちまう。近藤さんの給料だって右から左らしいわ。全部宗教にぶっ込んでるみたいだね。あれじゃ買い物依存のほうがまだマシじゃないかね。だってモノは残るから。ブランド品ならそれを売ることもできるけど、宗教に献金したって、あとになんも残んねえ。ただ本人が満足するだけ。そのために何十万、いや何百万も注《つ》ぎ込むなんて私にゃ考えられんわ」

新田さんが、さも呆《あき》れた口調で言う。

「私は無宗教だからね。こちとら宗教に頼らなくちゃ生きていけないほど弱くないんだよ。だいたい金持ってこなきゃ願いを聞き入れてくれない神様なんておかしいだろ。神さんに人間の金が必要なのかよ？　神さんが金持ってヨーカドーに行って買い物するんかよ？　は？　しねーわ」

新田さんが休憩室の椅子にふんぞり返って足を組む。

近藤さんが信じる神様は、近藤さんのことを救ってくれたんだろうか。

——神様って本当にいるの？

昔、あの子に訊《き》かれたことがある。澄んだ目で。あどけない声で。

――いたらもう少しマシな暮らしをしてるさ。

そんなふうに答えた覚えがある。あの子は意味がわからず、きょとんとしていたけれど。

そんなあたしでも神様に祈ることはある。あたしの神様はキリストさんでもお釈迦様《しゃかさま》でもない。

あたしの中にだけいる神様。

赦《ゆる》してください、赦してください、赦してください。

日に幾度も心の中で唱える。でもどんな神様も決して赦してくれないことをあたしは知っている。

8月20日

吉澤《よしざわ》さんという女性が新しく入ってきた。まだ四十六歳だという。うちの職場では断然若い。

みんな吉澤さんに興味津々だ。休憩時間、早速デリカシーのかけらもない新田さんが質問攻めにする。

「結婚は？　子供は？　どこに住んでんの？　前はどこで働いてたの？　兄弟は？　親はまだ健在？」

この人には個人情報という概念が微塵《みじん》もないのだろう。あたしですら躊躇《ちゅうちょ》するようなことも平気で口にする。まったく恐ろしいババアだ。

だが吉澤さんはまったく嫌がる素振《そぶ》りも見せず、ひとつひとつ丁寧に答えてくれた。

「結婚はしていません。独身です」

「え、一度も？　全然？　なんで？」

よせばいいのに、そこを突っ込む。

「縁がなかったというか。全然モテないんですよ、私」

そう言って吉澤さんは笑ったが、色白で綺麗な人だ。そんなことはないだろう。

「住んでいるのは石神《いしがみ》で、大学を出たあと証券会社に勤めていたんですが――」

「ええっ、あんた大学出てるの？」

「はい、でもそんなすごいとこじゃないですよ。こぢんまりした女子大です」

だが聞けば歴史のある、世間では名の通った女子大だった。

「もったいない。大学まで出てんのに、なんでよりによってこんなジジババの巣窟《そうくつ》に転げ落ちてきたのよ。ここよりマシなとこがほかにいくらでもあるだろうに」

ジジババの巣窟、というところで雨宮さんの片眉がピクンと跳ね上がったが、新田さんはまったく気がついていないようだ。

「いいえ、私、お掃除するのが好きなんです。家でも毎日やってるんですよ。お掃除って成果が目に見えて、達成感があるところがいいですよね。体を動かすのも好きですし。以前勤めていた会社のデスクワークよりずっと性に合っている気がします」

誠実な物言いに好感が持てた。そのあとの話で、吉澤さんは母親とふたり暮らしなのだと知る。

五年ほど前に父親が癌《がん》になり、しばらくは母親が看病していたが、その母も体調を崩しがちになったので会社を辞め、両親の面倒を見ながら家のことをしていた。が、二年前に父親が亡くなった。母親はしばらく沈んでいたが、今ではすっかり落ち着いて健康面の心配もなくなったのでまた働きに出ようと思ったという。

「じゃあおウチは誰が継ぐの？　持ち家なんだろ？」

新田さんが尚も身を乗り出して訊く。

「ええ、小さい家ですけど。でも三つ下に弟がいますから。今は結婚して名古屋《なごや》に住んでいるんですけど」

「弟さんとこに子供は？」

「います。高校生の男の子と中学生の女の子が」

「じゃあ、あんたは貧乏くじだね。親の面倒だけ見させられて、最後は弟んとこに全部持ってかれちまう」

新田さんのズケズケ踏む込む発言に、吉澤さんは眉をハの字にして笑った。この時、あたしはこの人が好きになった。こんなバアさんにそんなふうに思われたら気味が悪いだろうから、あたしは慌てて笑顔を引っ込めた。

吉澤さんは親にちゃんと愛されて育った人だ。あたしはそういう人がすぐにわかる。あたしとは決定的になにかが違う。逆に親から愛されなかった人もわかる。見抜くことができる。あたしと同じ、卑屈で昏《くら》い臭気を発してるから。上手に隠しているつもりでもあたしは敏感にその臭《にお》いに反応する。野良猫の目つきが飼い猫のそれとは全然違うように、それは自分ではどうしようもないものなのだ。

吉澤さんは眩《まぶ》しい。若いからとか顔立ちがいいからとかではなく、あたしとは違う、穏やかな光の中にいる人間だから。

年甲斐《としがい》もなく、あたしはこの人と親しくなりたいと思った。だが直後に自分を戒める。調子に乗るな。おまえはそんなことをしていい人間じゃない。

それでも吉澤さんの存在は、あたしの心を明るく照らした。

9月2日

どんなものにもコツはある。ちょっとしたことでも、それを知っているのと知らないのとじゃあ雲泥の差ってのはよくある。清掃の仕事もそうだ。どの作業を先にして、どの洗剤をどのくらい使うのが一番効率よく、仕上げも綺麗で、あとの始末もいいか、あたしなりに体得したものがある。

あたしがこの仕事を始めた時、あたしについてくれた荒井《あらい》ってバアさんは、そういうことを一切教えてくれなくて、あたしが手間取ったり、失敗したりするのを、ニヤニヤ小馬鹿にした顔で見てたけど、そんなことしてなんになる？　幸いその荒井のバアさんは、違うところに派遣になったから清々《せいせい》したけど、行った先でも相変わらず意地の悪いことしてんだろうな。そういうことをせずにはいられない性分の人間っているものだ。新田さんじゃないけど「ああ、しょうもねえ」。だからあたしは吉澤さんに、あたしが持ってる知恵を最初っから全部教えた。大したことじゃないけど、それでもやっぱり知っているのと知らないのとでは違う。

吉澤さんは熱心に頷《うなず》きながら、時にはメモを取りながらあたしの話を聞いてくれた。

「ご親切にありがとうございます。タツヨさんはいい人ですね」

まっすぐな瞳で吉澤さんに言われて動揺する。

いい人、あたしが？

まさか。違う違う。あたしはいい人なんかじゃない。いい人であるわけがない。あたしは吉澤さんを騙《だま》しているような罪悪感がこみ上げ、慌てて言う。

「あたしは全然いい人じゃないよ。そんな人間じゃない。その真逆。あたしほど悪い人間はいないの。あたしをいい人だなんて言っちゃダメだよ」

吉澤さんは幼い子供のようにきょとんとした顔をしていたが、

「そうなんですか？　でも私にとってはそうですよ。私はタツヨさんをいい人だと感じました。だったらそれでいいじゃないですか」

にっこり笑って言う。腹の中がくすぐったくなる。

いい人と言われて喜ぶ気持ちが自分の中にあることに驚く。

なにを今更。

9月6日

新田さんがエジプト旅行のお土産をくれた。休暇を取って夫婦で旅行に行ってきたのだという。

「あんたっ、エジプトはいいわよお。世界観が変わるから、絶対行ったほうがいいわ。モノの見方、考え方が全部がらっと変わるから」

鼻の穴を膨らませて言うが、去年ブラジルに行った時も同じことを言っていた。確かその前インドに行った時も。外国に行くたんびに、コロコロ世界観が変わるらしいが、結局戻ってくるのはあたしらがいるこの場所で、また同じような毎日を繰り返している。少なくとも傍目《はため》からは、新田さんが劇的に変わったとは思えない。お土産のお菓子は、甘くてぼそぼそして、うまいんだかまずいんだかよくわからなかった。

「えっ、あんた一度も外国行ったことないの？　人生損してるよっ」

別に改めて言われるまでもなくあたしの人生は損しっぱなしだ。全部自分のせいだけど。

「どっか行きたい国とかないの？　イタリアとかフランスとかさ。でも手始めには韓国《かんこく》あたりがいいと思うよ、近いし」

行きたい国はないけど、行きたい場所はある。戻りたい場所か。

川沿いの土手の上に立っていたあの小さな家。大風が吹いたら下の川に転げ落ちそうなギリギリのとこにあったあの青いトタン屋根の家。

六畳の和室、薄い窓ガラスに貼られた切り紙。あの子が小さい手で折り紙を幾度か折ってハサミで適当に切り込みを入れる。それを開くと不思議な模様になっているのだ。あの子はそうやって遊ぶのが好きだった。上手くできた時は、あたしに得意気な顔で見せてきた。花が連なったような綺麗な模様になったそれをあたしが糊《のり》で窓ガラスに貼ってあげたら、あの子の喜んだこと。色も模様もあたしは今でもはっきりと思い出せる。それを見ていたあの子の目も。ふっくらした頬も。

川べりのあの家。戸を開ければ全部見渡せてしまえるようなあの平屋。あたしが行きたい場所はそこしかない。でも決して行けない場所。エジプトよりもブラジルよりも遠い遠いところ。

9月22日

新田さんが占いに行ったという。

「とにかくびっくりするほどよく当たるのよ。テレビや雑誌でも取り上げられたことのある先生でね、生年月日と名前と八卦《はっけ》と筮《めどぎ》と星の動きで観てくれるんだけどね、まあこれが当たること当たること。私の生まれや親兄弟のこと、これまであったことなんかをぴたりと言い当てるんだから、私《わた》しゃ仕舞いにゃあ、ぞっとしちまったよ。とにかく恐ろしくなるくらい当たるんだから。旦那の名前見ただけでズバリ歳を言い当てたんだよ」

弁当の箸も止まるほど興奮して話す新田さんだが、旦那は確か都子男と書いて「つねお」というのではなかったっけ。子年《ね》生まれだから都子男。子年生まれ以外でこんな名前をつける親いるか？　それにあたしらの年代はほとんど亭主のほうが年上だから、新田さんの生年月日がわかれば、そこから旦那の年齢なんか割り出せるんじゃないか。と思ったが、口には出さず、さも驚いたように目を丸くしてやった。

「それで未来を観てもらったらね、三年後に小幸運期、十五年後に大幸運期がやってくるんだってよぉ。どうする？　宝くじでも買うべか」

十五年後。このババアいつまで生きる気だ。でもそうやって長生きしたいと思えるのはいい人生なんだろう。

「あんたも観てもらいなよ。割引紹介券もらってきたから、千円引きで占ってもらえるよ。ホントよく当たるんだから」

「いやあ、ははは」と笑ってごまかしていると、吉澤さんが、

「私なんかは、自分の将来を知るのが怖いな、ってのがありますけど」と助け舟を出してくれた。

「あらぁ、たとえ悪い卦が出たとしても、それをあらかじめ知っておけば用心して回避できるかもしれないじゃない」

「そうですねえ」

「そうだっ、あんた、この先結婚できるかどうか観てもらいなさいよっ」

「えーっ、それこそ知りたくないですよ。いいこと言われたら期待しちゃうし、そうじゃなかっ

人だ。

「当たらないんなら別にいいですよお」

吉澤さんがあたしのほうを見てにこりと笑った。つられて微笑む。やっぱり吉澤さんこそいい

「だから当たるも八卦、当たらぬも八卦って言うじゃないの」

たら落ち込むし」

吉澤さんは未来を観てもらうのが怖いと言ったが、あたしが恐れているのはそっちじゃない。過去のほうだ。あたしの過去を、今までしてきたことを、他人の口から洗いざらい聞かされるのなんて耐えられない。あたしがどうやってここまで生きてきたか、一番知っているのはあたしだ。あたしが今までやってきたことを目の前のスクリーンにすべて映し出されたら、それこそ地獄だ。あたしは頭を抱えて転げ回り、大声を上げて発狂するだろう。

報いは必ずある。

あたしは自分がしでかした過去に、今復讐《ふくしゅう》されている。

「老後は、子育ての成績表ですよ」

電話相談の先生が言っていた。頑張ってきちんと子育てをしたら、よい老後が迎えられる。あ

あそうだ、今あたしがこの地獄にいるのは全部あたしのせいなんだ。

10月3日

「ふうふうして食べな」「おっきしたの」

かつてあたしもそんな やさしい言葉を口にしたことがあるのだ。あの子はうどんが好きだった。赤いプラスチックのお椀《わん》によそってあげると、小さなお手々で受け取った。お手々としか言いようがないかわいらしい手だった。

「ふうふうして食べな」

毎回そう言った。あの子はお椀を抱えて美味しそうに食べたよ。玉子をひとつ落としただけのうどんでも、言われたように一生懸命ふうふうして食べたよ。

「おっきしたの」

洗濯物を取り込み抱えて家に入ると、畳の上に敷いた薄布団に仰向《あおむ》けになって、こっちに顔を向け、じっとあたしを見ていたあの子。黒い瞳があたしを追う。右に行っても左に行っても。

家の脇に誰が植えたのか白い花があった。マーガレットなんてハイカラな名前だけど丈夫な花で、特に手入れをしなくてもよく咲いていた。あの子はその花を摘んであたしにくれた。

「おかあしゃんに」

そう言って。

夜には川の音を聞きながら眠りに落ちた。川べりの家は、夏はいいが、冬は隙間だらけのあばら屋に川霧が四方八方《しほうはっぽう》から漂ってきて芯から冷えた。ろくな暖房器具がなかったから、寝る時は重い綿布団の中、ふたりで固まって寝た。

今も夜中にふと目が覚めると、川音が聞こえる気がして耳を澄ます。そんなわけないのに。川の音も、あの家も、もうない。あたしにぴったりとくっついて寝ていたあの子も、もういないのに。

10月11日

スーパーの二階にある衣料品売り場に行った。といっても服を買いに来たんじゃない。新しい服なんてもう随分買っていない。節約しているのもあるけど、あたしが今更服なんか買ってどうするという思いがある。できるなら命が尽きたら、骸《むくろ》はもちろんあたしに関するすべてのものは、跡形もなくこの世から煙のように消えてしまえばいいのだけれど、そんなことはありっこなくて、あたしが死んだら（孤独死確定）、汚い死骸とともに使っていた部屋にモノは残る。箸からなにから、あたしが生活していたモノすべて。人ひとりでも生活するには、一通りのモノが要る。でもできるだけ人の手は煩わせたくない。さんざん人に迷惑をかけてきた身で今更こんなことを言うのはなんだが、いやだからこそせめて死んだあとは人に迷惑をかけたくないのだ。

だから今の部屋に越してくる前にかなり処分した。今はモノを増やさないように心がけている。

だがこのところ靴下のゴムがどうにもゆるくなってしまって、歩いているといつの間にか、かかとの部分が甲に回ってきている。放っておくと一回転することもあれば、脱げることもあり、不便で不快なことこの上ない。替えも入れて四足ある靴下は、同じ頃に買ったので全部同じような傷み具合になっていた。これから寒くもなってくるし、素足でいるわけにもいかないから、靴下を買いに来たのだ。

新田さんはいつもいい靴下を穿いている。あたしでも知っているような有名なメーカーのソックスだ。

「やっぱいい靴下は全然持ちが違うのよ。長く穿いてもゴムがしっかりして、かかとに穴も空かない。安いやつの倍、いや三倍は持つね。結局こういうほうがお得なのよ」

かかとを上げてブランドのロゴを見せながら言う。

でもそんな高いのを買ったところで、靴下がダメになる前にあたしがくたばるかもしれない。あたしがくたばるのと同じ頃ちょうどへたばるような安い靴下がいい。実際は難しいだろうが、できるならモノは全部使い切って死にたい。

そんなあたしにおあつらえ向きの三足束の靴下が安売りされていた。柄を選《よ》っているとすぐそばの婦人服コーナーで、ブラウスを胸に当てているバアさんがいた。薄くなった白髪をお団子にしている。乾燥した木の根っこみたいなバアさんで、あたしよりだいぶ上に見えた。そんなバアさんがあれやこれやとブラウスを手に取り思案している。

「洋服を買うのは、それを着る自分の未来を買うってことなんですよ」

誰が言っていたのだっけ。ラジオの電話相談の先生か。違うか。新田さんじゃないことは確かだが。まあいいや。だがそれは真実かもしれない。このバアさんはその新しい服を着る自分の未来を信じて疑っていない。いい老後なんだな、と思った。

靴下を買ったあと、せっかくなのでぶらぶらしてその辺の品物を見ていると、子供用の靴売り場があった。一番小さい靴は手のひらに乗るほど小さい。お人形さんの靴みたいだ。こんな小さな靴を履かせてあげていた感触がよぎる。あんよ、あんよ。やわらかい足の裏。パンを蒸したような匂い。

「お孫さん用ですか?」

声をかけられてはっとした。若い女性店員がにこにこしている。

「い、いえ、ちょっと」

ひどくいけないことをしたような気がして、慌てて靴を棚に戻す。うつむき逃げるようにしてその場を立ち去り、肌着売り場で股引《ももひき》を物色しているふりをして気持ちを落ち着けていると「おかあしゃーん」という声があたしを貫いた。

「おかあしゃーん」

声のしたほうを見ると、赤いズボンを穿いた小さな女の子が指をしゃぶりながら涙を服の袖で拭っていた。近くに母親らしき人物はいない。迷子だろうか。

どうしたの?

手を伸ばし、言いかけて固まる。

やめろ。触るなっ。おまえの汚《けが》れた手で子供に触るな。おまえにそんな資格はない。おまえがその手でしたことを思い出せ。

慌てて手を引っ込める。

「おかあしゃーん、おかあしゃーん」

そうだ、あの子もあたしのことを何度も何度も「おかあしゃーん」と泣きながら呼んだ。しゃくり上げるほど、声が嗄《か》れるほど。それを突き飛ばして、暗闇に置き去りにした。

むごいことをした、むごいことをした、むごいことをした。

おまえの罪を思い出せ。

靴売り場に戻り、先ほどの女性店員を連れてくる。店員が女の子を覗き込み、やさしく語りかけるのを見届けて、あたしはその場を離れた。

耳の底に女の子の声がへばりつく。いやあれはあの子の声だ。

おかあしゃーん

11月2日
休憩室に新聞があった。たまに誰かが朝刊を持ってきてそのまま置いていくのだ。あたしは勉強ができなかったけど、書き物を読むのは嫌いじゃない。手に取って読んでいると、目を引くコラムがあった。ハサミムシについて書かれたものだった。ハサミムシは昆虫の中では珍しく子育てをする昆虫だとある。ハサミムシの母親はハサミを振り上げ敵から大切な卵を守り、そばを離れず世話して卵が孵《かえ》ると、小さな幼虫たちに自分の体を食べさせるという。母親業の総仕上げのごとく我《わ》が子に己《おのれ》の腹のやわらかい部分を与える、とあった。

ハサミムシはなんて偉いんだろう。ちゃんと子育てをしなかったあたしとは大違いだ。あたしはハサミムシ以下だ。ははっ、と口の端から乾いた笑いがこぼれた。

そうか、あたしは虫以下なんだ。そう思うと不思議と心が軽くなった。

虫以下の人間なんだから、死んだって大したことない。だあれも困らない、悲しまない。神様だって気にしない。そうか、そうか、そうか。

あたしは死ぬのが怖くなくなった。

そうだ、あたしは一度死の淵《ふち》まで行った人間じゃないか。なにを恐れることがある？

11月25日

あの子はあたしを許さないだろう。あの子はすっかり大人になっていたが、でも確かにあたしが産んだあの子だった。だけど目が、あたしを見る目がまったく違っていた。まるで邪悪なものでも見るような憎しみに満ち満ちた目をあたしに向ける。そんな目にさせたのはあたしだ。

なにがあっても血のつながった親子なんだから。

あたしはそのフレーズにすがっていた。なんだかんだあっても最後はそこだと思っていた。馬鹿だ。

犬や猫だって自分に危害を加える人間には近づかない。あの子は身をこわばらせ、幾重にも鎧《よろい》を着込んだようにかたくなだった。

「私はあなたがしたこと、してくれなかったことを忘れません。親から愛してもらえなかった子供は、自分が無価値に思えて、時折猛烈に死にたくなるんですよ。その苦しさがわかりますか？　だから私は、あなたを他人だと思うことにしました。実の母親だと思うと死にたくなる。だから他人、いえ、私にとってあなたは他人より他人なんです。そう思うことで今は生きています」

あなたがしたこと、と聞いて心臓がどくんと大きく打つ。やっぱりこの子は覚えてるんだ、あのことを。そうだ、忘れるはずがない。

聞いて、まーちゃん、違うの、あの時のお母さんは。

「あなたは私が病気になった時も一度も見舞いにも来てくれませんでしたよね」

「え、いつ」

思ってもいなかった方向からの話を振られて声が上ずる。

あの子が、呆れたといった顔で首をかすかに振る。

「小学六年の頃です。結構大きな手術をして何ヶ月か入院してました」

小六の頃。あたし、なにをしてたっけ。人に紹介されて関西のほうに出稼ぎに行ってたのだっけ。必死におぼろげな記憶をたぐり寄せる。

「い、言ってくれればよかったのに」

声が震える。

「連絡いったと思いますよ。職員さんがそう言ってましたから」

そう言われれば、そんなことがあった気もしてくる。でもあの頃はあたしのほうも手いっぱいで。あたしには合わせる顔がないというか、会うのが怖くて後回しにしているうちに時間ばかりが過ぎて――。ああ、またいいわけだ。あたしはいつもこうだ。なにかあると逃げる。これぱっかりだ。

「まあ別に、もういいですけどね。他人だと思えば別にどうってことないです」

あの子が片方の唇の端だけ持ち上げて笑う。

それはどういうこと？　あたしに見舞いに来てもらいたかったの？　じゃああの夜のことは覚えてない？

でもそれを確かめることはできない。それは怖い。怖くてできない。

「わかりました。お金は毎月振り込みます。それで義理を果たしたことにしてください」

頭の中をいろんな思いがぐるぐるしてなにを言い出していいかわからないでいると、あの子が静かな声でそう言い、テーブルの伝票を持って立ち上がる。あたしはうつむいたままじっとしていると、カランとドアベルの軽やかな音がして、あの子が店を出ていったようだ。

どれくらい経ったのか、深呼吸して顔を上げると、目の前には手つかずのオレンジジュースがふたつ、水滴を浮かべていた。

駅前の喫茶店。喫茶店に入るのなんて何十年ぶりだろう。若い時、あたしもこういうとこに来たことがあった。あれは誰とだっけ。仕事の面接をした時かもしれない。担当の人に連れられて喫茶店に行った。あれはなんの仕事だったか。いや、ミキちゃんとも来たことがあった。工場で一緒に働いていたミキちゃん、今どうしているかな。そんなことを考えていると、目の前にあの子が来ていた。

注文を取りに来た店員さんに、おまえは「このオレンジジュースを」とメニューを指差しながら言ったね。あたしも「同じものを」と言った。ジュースの中ではオレンジが一番好き。あたしも同じ。それは変わっていない。

おまえは「ジュース」と言えなくて「ジューシ、ジューシ」と言ったね。

「おかあしゃん、オレンジジューシちょーだい」

お花模様のお気に入りのグラスを差し出して。

あの時もそうだったね。夏の終わり、最後の力を振り絞るようにして照りつける太陽。おまえは迷うことなく自販機のオレンジジュースのボタンを押した。

だからあたしは嬉しくなって「昔からそうだったね。まーちゃんはオレンジジュースが一番好きだったね」と言いかけた。でも目を見て一瞬で言葉が引っ込んだ。

あたしを拒絶する目。憎んでいる目。

これが報いか。

オレンジジュースのストローをくわえる。果汁そのものの味がした。あの時駅のベンチに座ってふたりで飲んだのは、こんないいのじゃなかったね。果汁なんてごくわずかの甘い甘い蜜柑《みかん》ジュース。色も明るく薄かった。これは色がやけに濃いね。赤っぽい。メニューを見ると『ブラッドオレンジジュース』とあった。ブラッド、どういう意味だろう。あたしは手提げ袋からボールペンを取り出し、財布の中にあったレシートの裏にブラッドと書いた。明日吉澤さんに訊いてみよう。ジュースはもったいないのであの子の分も飲んだ。そしてああこれはあの子がおごってくれたんだなあ、と気づいた。

美味しかったよ、まーちゃん、ありがとう。

「ブラッド？　ああ、あれですかね、blood、『血』っていう意味だと思いますけど」

「血」

予想外の答えに困惑する。次の日、休憩時間に早速訊いてみた。吉澤さんはスマホを取り出し、画面に指を滑らせる。

「ええ、やっぱり血です、ブラッド。ほかに血筋、血縁って意味もあるみたいですね」

血、血筋、血縁。

「でもブラッドがどうかしたんですか？　もしかしてホラー映画のタイトルかなんかですか？」

いいえ、ちょっと、と笑ってごまかす。

血のような色のオレンジジュースか。血は水よりも濃いって言うけれど、あたしたちをつなげていた血はあのオレンジジュースよりもずっとずっと薄くなってしまったんだろうか。他人よりも他人。そうなの？　まーちゃん。でも仕方がない。全部あたしのせいだもの。

12月10日

「大学ってどれくらいかかるもんなのかね？」

休憩室で吉澤さんとふたりきりになった時、訊いてみた。

「え、大学ですか？　もしかしてお孫さんとか？」

「いやまあ、まだ中学生なんだけどね。あたしの孫が大学だなんて嘘《うそ》みたいだろ？　でもこの子がなかなか賢いんだわ。嘘じゃあねえよ、ホントだよ」

言いながら、これじゃ伊原のジイさんだと思って頭を掻《か》く。でも吉澤さんならバカにせずちゃんと聞いてくれるだろうと思ったのだ。予想通り、にこにこしながら頷いてくれる。

「それでゆくゆくは大学に行くだろうなと思って、いくらぐらいかかるのかなあって。なんせ全然縁のないところだから見当がつかなくて」

「国立か私立か、それに学部によっても違いますけど」

「ああそうね、そうだね」

「私立だと年間百万ぐらいは必要になると思います。特に初年度は入学金もありますし」

「百万」

あたしは保険のパンフレットを握り締めた。

「国立ならもっと安く済みますが、下宿なんかするとその費用も必要ですし」

うんうん、と頷きながらパンフレットに目を落とす。

死亡保険金百万円。これじゃあ全然足りないか。でもないよりはマシだろ。

それにしても誰が考えたんだか、この保険金制度っていうのはありがたいね。あたしみたいな虫けら人間でも死んだらお金が出るっていうんだから。虫けらの死に、価値をつけてくれるっていうんだからね。

あの夏の始まりに初めて言葉を交わした花《はな》ちゃん。かわいい名前だね。名前だけじゃないね、本当にかわいい、いい子だった。あの子がちゃんと育てたんだ。あたしがこんなだったのに。偉いね。あたしとは全然違う。

「愛のない人間に育てられたら、愛のない人間になるんですよ」

電話相談の先生が言ってたけど、これだけは違ったみたいだ。奇跡だね。本当にこれだけは神様に感謝したいよ。

12月21日

風が強い。身を切るような風の冷たさに身体《からだ》が芯から冷える。

あの子は寒い思いをしてないだろうか。

ははっ、あの子はもう大人なのに。それでもつい思ってしまう。バカめ。今そう思うくらいなら、なんであの頃そう思えなかったんだ。今更すべてが遅いんだ。

寒くても暖房はつけない。ボロをかき集めて着込んでしのぐ。熱いお茶を入れて、中から温める。安い茶葉は緑茶の風味がまるでしないが、色がつくだけいい。雰囲気、雰囲気。なんといっても倹約しなければならないんだから。こんなことしても些細《ささい》な額だとわかっているけど、今のあたしにできることといったらこれくらいしかない。

一円でも多く残すこと。あのふたりに。

あたしからの金なんて、あの子はいらないと言うだろうか。いや、そんなことはないだろう。どんな金でも金は金だ。千円持って店に行けば、千円の物が買える。お金は、いくらあっても困るもんじゃないとはよく言ったものだ。

むしろあたしからの金のほうが、心置きなく使えるってもんだろう。それでいい。


もう一年以上前だ。あの子からの毎月の振込が途絶えた。なにかあったのか。それともとうとう縁を切られたか。

あのオレンジジュースの喫茶店以来、あの子は毎月決まった額をあたしの口座に振り込んでくれるようになった。あの時は体調を崩し仕事をやめていて、当座の生活費にも困窮していた。ほかに頼れるところもなく、イチかバチかの気持ちであの子に連絡を取った。もちろん会いたい気持ちもあった。今更合わせる顔もないんだけど、私の中で都合よく「時効」や「日日薬《にち》」といった言葉が浮かんで、それに賭けた。もしかしたらあたしは赦されてるんじゃないかと。でもはっきりとはわからなかった。いやあたしがその事実に直面するのが怖くて、逃げてしまったんだけど。あたしはいつもこれだ。肝心なとこで逃げてしまう。これまでもずっと。逃げ癖がすっかりしみついてしまっているんだ。

「あたしゃ、いいって言うんだけどね、息子がね、毎月給料からお金を送ってくれんのよ。『僕の気持ちだから。こっちもそうするのが嬉しいんだから受け取って。これでなにか美味しいものでも食べて』って言って。そう言われてもね、使えないよね。そんなこと聞いたら、尚更使えないよ、もったいなくって。だからね、全部手つかずで貯めてんの。それであの子が結婚する時にでも持たせようと思って。でもそのお金のことを思うと、気持ちがあったかくなんの。だからそれでいいの」

いつだったか、宮本さんが休憩時間に言っていた。宮本さんは親ひとり子ひとりで、苦労して息子を大学までやった。就職した息子は関西にいるという。

「あたしにこんなことしてくれるのは、息子だけだもんねぇ」

目を潤ませながら言う。

「そうだよね、やっぱり子供じゃなきゃそんなことはしてくれないよね」

あたしもしみじみした声で応えた。

そうだ、あの子だって、あたしの子供だから、お金を送ってくれてるんだ。いくら口では「他人より他人」と言ったって、本当に他人だったら、こんなことしてくれてないだろ？

「うちもそうだもの。うちの娘もそうなのよ」

口に出すと、なんだか本当のことのように思えてきた。

だからあたしは仕事が見つかったあとでも、もういいよ、とは言えなかったのだ。毎月の振込だけが、あたしたち親子をつなぐ糸だ。細くても、濃い血のような色の糸。もしそれがなかったら、本当に他人になってしまう。見捨てられた事実を突きつけられる。それが怖かった。

それがあの春、急に途絶えた。振込がない。あの子になにかあったのか。身体を壊してでもいるのか。それともとうとう見限られたか。いろいろ考えてしばらく逡巡《しゅんじゅん》していたが、夏の初め、意を決してあの子の家に向かった。住所は知っている。幾度か家の前までは行ったことがあるから。部屋のチャイムを鳴らすのは初めてだったけど。

留守だった。働きに出てるのか。じゃあ元気なんだろうか。いや買い物か、病院ってこともある。子供もまだ学校らしい。あたしはひどく緊張していた。しばらくアパートの前をバカみたいにぐるぐる歩き回っていたが、緊張が和らぐどころか吐き気すら感じてきた。

このまんまじゃダメだ。自分を落ち着かせるために、来る途中で見たコンビニに行き、何十年かぶりにタバコを買った。随分高くなっていて、一瞬ためらったが、気持ちを鎮めるにはこれが一番効くことをあたしは知っている。というか、ほかに思いつかない。とりあえずなにかしていたかった。なにかしていないと、どうにかなりそうだったのだ。

アパートの前に戻ってきて気がついた。ライターがない。またコンビニに戻るのも面倒だと思っていると、若い男がアパートの階段を上ろうとしていた。あたしと目が合うと、首をわずかに下げて挨拶してきた。むさくるしい風体をしているが、悪いやつではなさそうだ。

「こ、こんにちは。ここに住んでる方ですか？」

「え、まあ、はい、そうです。この二階に住んでます」

「そうですか。じゃああの、この一階に住んでる田中《たなか》さん親子のことはご存知で？　中学生ぐらいの女の子のいる」

「あーはいはい、花ちゃんですね」

「そうそう、花ちゃん」

花ちゃん、花ちゃん、あたしは嬉しくなって口がなめらかになる。

「あたしはね、その花ちゃんの祖母なんですけど」

そう口にすると、晴れやかな気持ちになる。

「えっ、えっ、花ちゃんの祖母？　本当ですか？」

青年が眉間にシワを寄せ、長い前髪の隙間からあたしに怪訝《けげん》そうな目を向ける。

「そうですよ、花ちゃんの母方の祖母ですけどなにか？」

「えっ、えーっと、んーっと」

手のひらで額を押さえながら困惑を露《あら》わにした顔になっている。

「どうかしましたか？」

「あ、すいません。いや、あの、もし間違ってたら申し訳ないんですが、花ちゃんの祖父母、真《ま》千子《ちこ》さんのご両親はとっくに亡くなってるって聞いてたんで」

「えっ」

「確か父親は真千子さんが生まれる前に、母親も小さい時に亡くされていて天涯孤独の身だって、真千子さん本人が言うのを聞いたことがあります」

後頭部を強く殴られたような衝撃がして、目の前の景色が遠ざかった。

あたしはとっくに死んだことになっていた。

ははははっ。ひきつれた唇の端から笑いがこぼれた。怒りも悲しみもなかった。

ほれ、見たことか。どこかでこうなるような予感はしていた。そうか、死んだってことにしておきたいほど嫌なのか。関わりたくないのか。そりゃそうか。あたしのことはもうキレイさっぱり切り離したい、葬り去りたいんだ。

そりゃそーか。そりゃそーだ。

あたしの中でなにかが動いた。わずかばかりあった甘い期待が消し飛ぶ。

「あ、あの？」

言いかけた青年に、

「ああ、ごめんなさい、ライターかなんかありますかね？　ちょっとタバコが吸いたくて。マッチでもいいんですけど」

声の震えを抑えて言う。

「あ、はい、ライターですか。確か部屋にあったと思います。景品かなにかでもらったやつですけど。今、取ってきます」

青年は慌てた様子で階段を駆け上がり、五分もしないうちに戻ってきた。親切にライターと一緒に携帯灰入れまで持ってきてくれた。見た目と違い、気が利くようだ。震える手でタバコに火をつける。青年は傍らでじっとしている。何十年ぶりかの一本。ゆっくり吸って長く吐く。だんだん動揺がおさまってくる。そうか、それなら。

「お願いばっかりで悪いんだけど、もうひとつ頼みがあって」

青年の目を見る。神妙な顔をしている。なにかを察したらしい。やっぱり悪いやつじゃなさそうだ。

「なんですか」

「あたしが今日ここでおたくと」

「あ、賢人《けんと》です」

「賢人さんと会ったことは内緒にして欲しいんです。ここで話をしたことも。絶対に誰にも言わないでください。お願いします。今後もしあたしと会ったとしても、初対面のふりをしてください。ごめんなさい、おかしなこと頼んじゃって。でもそこはどうしてもお願いします。この年寄りを哀れと思う気持ちがあるなら、どうかお願いします」

深く頭を下げる。

「わ、わかりました。そうします。必ずそうします」

あたしはホッとして、タバコを携帯灰入れに押し込んだ。賢人青年はあたしに心配そうな視線を送りながら、部屋に戻っていった。

ひとりになって、二本目のタバコに火をつける。もうどうするかは決めていた。

それなら徹底してクソババアになってやろう。とことん嫌われて、本当に死んだ時、後悔も未練も一ミリも持たないよう、悲しいなんて全然思わないように。

もしあたしがここで改悛《かいしゅん》の情を見せて、すがって詫《わ》びるような哀れな素振りを見せたら、あの子は自分が言ったこと、やったことをとても後悔するだろう。

あたしからの手紙や電話を無視して、長い間連絡をよこさなかったこと。冷たい目であたしを見て「他人より他人」と言い突き放したこと。あたしを死んだことにしていたこと。

あの子は自分の言動を悔い、苦しむだろう。あの子はそういう子だ。とてもやさしい、思いやりのある子。昔からそうだった。そこは全然似ていない。あたしの子供というのが信じられないくらいにやさしい子なんだ。それはあたしが誰よりも一番知っている。

そんな子にこんな言動をさせたのはあたしだ。あたしが悪い。そしてそんなあたしから守りたかったのが花ちゃんだ。あたしと一切関わらせたくなかったんだろう。小さい頃から絶対に会わせてくれなかった。だから余計に会いたくなって、時々こっそり見に行っていた。学校の行き帰りとか、家の前で。そう、あの卒業の日にも。

今時の小学校は勝手に入れないから、あたしが校門のところで中を窺《うかが》っていると、紺色のスーツを着た先生らしい中年の女性が気づいてこっちに来てくれた。「ご家族の方ですか？」と訊かれる。ご家族、と聞いてどぎまぎしたが、小声で「はい、六年生の田中花実《はなみ》の」と言うと「どうぞ、お入りください。もう式は終わりますが、その後みんな校庭に出てきますよ」と笑顔で言う。ありがたい。こんな痩せこけたオバアだから、怪しまれなかったのだろう。先生に幾度も頭を下げ、中に入って待っていると、ほかにも何人か外で待ってる人がいた。しばらくすると校舎内から子供と保護者たちが一斉に出てきた。あんまり近づいて見つかるといけないと思ったが、校庭はたくさんの人で溢《あふ》れていたので、案外うまく紛れることができた。

花ちゃんとあの子は、じきに見つかった。どんなに離れていたってすぐにわかる。ふたりともちゃんと黒を着てきちんとしている。あの子は立派で、花ちゃんはかわいらしい。あたしは嬉しくなった。

あの子は偉いね。あたしは卒業式に行ってやったことなんてないもの。その頃はもう離れて暮らしていたから。親として当たり前のことをしてやれなかった申し訳なさで身が縮む。

ふたりは先生や友達と写真を撮りあっていた。春の光の中で、楽しそうに笑っていた。よかった。あたしはその光景を目に焼き付けてその場を離れた。あれが三月のことだ。

だから学校から帰ってきた花ちゃんはすぐにわかった。声をかけると、初めて見るあたしに戸惑っていたようだが、あたしは花ちゃんの顔を真正面から見られたことで胸がいっぱいになっていた。涙が出そうになるのを押し殺すために、わざと蓮《はす》っ葉《ぱ》な口をきいてタバコを投げ捨てる。そうだ、もっともっと憎まれ鬼ババアになれ。その時は「また来る」とだけ言って帰ってきた。それでいい、上出来だ。それから家でまた気持ちを固めて、再びあのアパートに向かった。

ふたりに再会したあたしはとことん憎まれ口を叩いてクソババアに徹した。地が元々クソババアなので難しくはない。

聞けば送金が途絶えたのは、花ちゃんの中学入学準備で物入りだったからという。それならよかったと思ったが、あっ入学祝い、と気づく。なんにも用意していない。どうしよう。なんか買ってくればよかった。いや、クソババアはそんなことはしない。気にもかけない。それどころか、勝手にあの子のタンス預金を持ち出して（あの子は昔から大事なものはタンスの三段目の奥にしまうのだ）、布団を買ってきた。表向きは滞在中の自分用だが、ホントは違う。ふたりがあまりにもペタンコな布団を使っていたから。本当はあたしのお金で買ってやりたいのだけど、それはやっぱりクソババアの法則に反する。その分のお金はあとでちゃんと貯めておこうと誓った。

久しぶりに会ったあの子は相変わらず痩せていたけど、ご飯もよく食べるし元気そうでほっとした。花ちゃんもびっくりするほどいい子で、学校の成績もいいらしい。これもまた嘘みたいな話だ。あの子の育て方が良かったんだろう。あたしがこんなだったのに。あの子は偉いね。ハサミムシだよ。子供を必死で守り育ててる。子供のためには、あたしにだってハサミを向けて威嚇《いかく》する、近寄らせない。それでいい。

でもあの家で過ごした数日は楽しかったな。今でも時々思い出すよ。なにをするわけでもないけれど、ただ一緒にご飯を食べるだけでも楽しかった。夢みたいだった。夜三人で川の字になって寝る。夜中に目が覚め、傍らに子供の匂いが鼻をかすめ、川音を聞いた気がして、一瞬自分はあの川べりの家にいるような錯覚を起こす。すぐに違うと気づいたが、両目から涙が溢れ出ていた。ふたりに気づかれないよう声を殺し泣いた。

夕飯の時、あの子がトンカツを買ってきてくれたことがあった。見れば、あたしのだけヒレカツだった。ヒレカツはやわらかくてちょっと高い。あの子がなにも言わないので、あたしも黙って食べていたけれど、内心嬉しくてたまらなかった。あの子があたしに気遣いしてくれたことが。もしかして自分は許されるんじゃないだろうか、ここにいてもいいと言われるんじゃないかと思ってちょっとだけ浮き立った。

だけど次の日の朝、あの子がお金の入った封筒を差し出した。冷たい、あたしを拒絶するあの目であたしを見ていた。ああ、これがあの子の答えだ。なにを期待してたんだ、バカめ。

あたしはそのお金を盗人《ぬすっと》みたいな速さで摑《つか》むと、巾着袋に入れて立ち上がり、そのまま家を出た。

これでいい、これでいい。

捨てた子供に捨てられた。

それだけの話だ。

歩いていると、後ろから駆けてくる足音がした。花ちゃんだった。

あたしは、もうお金は送らなくていいと告げた。引っ越すとも言ったが、これはウソだった。あたしを捜さないようにするためだった。

「待って。まだ聞きたいことがあるんです」

あたしの腕を摑む。はっとした。いつかもこんなことがあった。そうだ、出て行こうとするあたしの腕を、小さいあの子が必死で摑み放さなかった。涙で頰をべとべとに濡《ぬ》らして。子供とは思えないほどの強い力であたしの腕を摑んでいる。薄い爪が皮膚にくい込む。

「痛いっ、放せっ、バカッ」

あたしの声にあの子が怯《ひる》んだ隙に、あたしはその手を強く振りほどき、背を向けると一度も振り返らずに走り出した。あの子の泣き声が遠くなる。それはあたしの中でいつまでも尾を引いた。

おかあしゃーん
遠い日の罪がまざまざと蘇り、震えた。今目の前にいる子は、あの時のあの子と同じ目をしている。そっくりだ。いや、これはあの子、真千子だ。ああ、神様。

めまいを起こしそうになりながら、花ちゃんに聞かれたことになんとか答える。そして最後にあの子は言った。

「ひとりで、寂しくないですか？」

寂しい、と言えたらどんなによかったろう。寂しい、寂しいよ、ひとりは寂しいよ。

涙がこぼれそうになり、顔を上げると陽の光が降り注ぐ。

「太陽は、いつもひとりぼっちだ」

天を指差して言う。

眩しそうに目を瞬かせて、涙が出そうなのをごまかす。

『太陽はひとりぼっち』、たしか大昔観た映画のタイトルだ。そうだ、まだ若い時分。今では信じられないくらいだが、こんなあたしにも若い季節はあったのだ。精一杯おしゃれして街に出かけた。その時に観たのだ。内容はすっかり忘れてしまったけれど、タイトルだけは頭のどこかにずっとあった。あれを一緒に観たのもミキちゃんだったか。

ああ、ミキちゃん、あたしはこれでいいんだよね？

それでも花ちゃんはあたしの腕を摑んだままなかなか放してくれない。だけどあの時みたいに怒鳴って、手を振り払うような真似は絶対できない。花ちゃんの瞳を覗き込むと、もしかしたら、まだ引き返せるんじゃないかという考えがかすめる。この子と一緒にあの部屋に戻ることができるんじゃないか。日差しがカッと強くなった気がした。

あの部屋？　なに甘えたことを言ってるんだ。おまえの帰る場所は、あそこじゃない。川べりの家でもない。

あたしは干からびた脳みそから絞り出した苦肉の策で、花ちゃんの写真が欲しいと言った。その流れで、あたしが卒業式の日に遠くでふたりを見ていたことも話してしまった。花ちゃんが写真を取りに行っている間に姿を消そうと思ったのだ。花ちゃんにはむごいと思ったが、クソババアとの別れにはこれがふさわしい。憎まれバアさんの総仕上げだ。花ちゃんの後ろ姿を見送ったあと、くるりと背を向け早足で歩き出すと、前方に賢人青年らしき姿があった。あさっての方向を見ながら、ぶらぶらのんきそうな足取りでこちらにやって来る。まずい。あたしは咄嗟《とっさ》に自販機の陰に隠れた。

しばらくすると写真を手にした花ちゃんが戻ってきた。あたしがいないので、首を激しく回して、キョロキョロしている。うろたえているのが遠目にもわかり、たまらなくなる。ごめん、ごめんね。心の中で詫びる。突かれた玉みたいに、四方八方探し回る花ちゃん。あたしは気づかれないようにそっとあとをつけた。痩せたあたしはどんな隙間にも入れるから、こんな時は便利だ。

「タツヨさーん」

花ちゃんが呼ぶ。

「タツ、お、おばあちゃーん」

心臓が射貫《いぬ》かれた。

「おばあちゃーん、おばあちゃーん」

がっくりとアスファルトに膝をつき泣いている。あたしはこらえきれなくなって、出ていこうとしたその時、賢人が花ちゃんに駆け寄った。賢人にしがみついて泣きじゃくる花ちゃん。ふたりは少し会話をしたあと、立ち上がって歩き出す。それを見届け、あたしもその場を離れた。

花ちゃんが、あたしのことを初めておばあちゃんと呼んでくれた。あたしはもうそれだけで十分だった。真千子があたしを「お母さん」と呼ばなくなってから、どれくらい経ったろう。まさか花ちゃんに「おばあちゃん」と呼んでもらえる日が来るなんて思いもしなかった。ああ、あたしは思いがけず素晴らしい贈り物をもらった。最高の冥土《めいど》の土産だ。

真千子、花ちゃん、ふたりはあたしとは全然関係ないところ、明るくあたたかい場所で生きていって。さよなら、さようなら。

気がつくとあたしは涙を流しながら歩いていた。

「鬼ババアの目にも涙か」

言うと、自分でおかしくなって笑ってしまった。夏の太陽はすぐにあたしの涙を乾かした。

1月10日

あたしには悪い血が流れている。父さんと母さん両方から受け継いだ悪い血だ。ふたりは似た者夫婦だった。カーッと頭に血がのぼると手がつけられなくなる。自分で自分が抑えられなくなる。叩く手が止まらない、心の一番弱い部分をずたずたにするような暴言が止まらない。大声で喚《わめ》き散らしながら、相手が完全にへたばるまで徹底的にやる。

特に母さんは口が達者な分恐ろしかった。罵《ののし》りながら叩くから心も深く傷ついた。その時の顔の怖かったことといったら。あれは人間の顔じゃあなかった。座敷の鴨居《かもい》に掛けられていた般若《はんにゃ》の面そっくりだった。あんなふうにはなりたくない、そう思っていたのに、気がついたら自分がそうなっていた。あの子を叩きながら、口汚い言葉で罵倒しながら、今自分はあの時の母親とそっくりの顔になっているとわかった。物言いも、声質もそっくりだ。そう認識しながらも止められない。一旦《いったん》火がついたら、完全に燃え尽くすまで怒りが収まらない。あたしはおかしい。それもわかっていながら、どうすることもできなかった。悪い血のせいだ。そう言い切ってしまえば簡単だが、親がそうでも自分はそうならない人もいる。現にあの子がそうだ。それは本当に良かった。あたしの腐りきった人生の中で唯一の良いことだ。

あたしの父さんと母さんは、よくふたりしてあたしの容姿をあげつらい、小馬鹿にして嗤《わら》い合っていた。あれは一体どういう心理なのか。自分の子供を笑いものにしてなにが面白いのかさっぱりわからない。でもそういう時のふたりはひどく楽しそうであたしは一層傷ついた。

父さんはあたしが三十六歳の時に病死し、母さんはそれから七年後に亡くなったそうだ。そうだ、というのはだいぶ経ってから知らされたから。当時あたしもいろいろあって記憶が曖昧《あいまい》だけど、あたしに連絡がつかなかったのか、兄弟が連絡しなくてもいいと思ったのか、とにかくどちらの葬儀にも出ていない。

でも知らせてもらったところで、行ったかどうか。あたしが亡骸《なきがら》を見たところでどうなる？　あたしが顔を出したら、息を吹き返してお互い改悛し詫びあって、一からやり直せるなら別だが、死んじまったんだからどうにもなりゃしない。あたしたち親子にふさわしい酷薄《こくはく》な別れ方だ。死ですべてが帳消しになると思ったら大間違いだ。あの人たちがあたしにしたことを絶対に忘れないし、許さない。それはあたしにも言える。

あのふたりは地獄に行ったかな。いや地獄に行くほどの悪人じゃなかった。ただ情のない、考えの浅い人たちだった。人間らしいあたたかい真心というものを持ち合わせていなかった。ふたりともそういう自覚がないままに死んだ。自省して悔い改めることもなくそのまま逝《い》った。

悪いことをした自覚がなければ罪にならないのか。わからない。それを決めるのは神様か、閻《えん》魔様《まさま》か。

あたしを裁くのは神様でもない、閻魔様でもない。それは子供の顔をしている。黒々とした目、光る頬、小さな赤い唇。

あの子はあたしを許さないだろう。それでいい。正当な報いだ。地獄に行くことでしか償えない罪がある。

2月16日

役場に行く用事があって休暇をもらった。用は思ったより早く終わったのでゆっくり歩いて帰る。光に春の兆しがある。春は何度やってきても、そのたびにいいものだと思う。

公園でお揃いの黄色い帽子をかぶった小さい子供たちが遊んでいた。近くにある保育園の子たちらしい。エプロンをつけた保育士の女性が三人、子供たちは思い思いに遊んでいる。二歳か三歳ぐらいだろうか。自分も少しは子育てをした経験があるのに、幼い子の年齢はよくわからない。地面を棒で掘ったり、枯れ葉を拾ったり、何人かでしゃがみこみ丸くなって囲んだなにかをじっと見ていたりする。

引き込まれるようにして公園に入りベンチに座る。子供たちのはしゃぐ声、仕草、走る姿。子供たちから目が逸《そ》らせない。じっと見入ってしまう。

ちょうどこのくらいのあの子を育てていた時、公園で遊ばせていると、見知らぬ年寄りがこちらをじっと見ていることがよくあった。長い時間、ずっと。

自分の孫でもないのに、なにをそんなに熱心に眺めているのか不思議だった。でも今ならわかる。あの時の年寄りと同じようにこうしてベンチに座っている今なら。あれは過ぎ去った日の面影を子供たちの中に探しているのだ。

ふっくらした頰、さらさらの髪、小さい手、赤い唇、黒い瞳。

ああ、こんなだった、こんなだった、あの子もこんなだった。

こんなふうに動いて、走り回って、こんな仕草をした。こんなズボンを穿いていた。こんなふうに笑っていた。今はもうどこにもないものを、目の前の子供たちの中に見る。飽くることなく、何時間でも。つらくなるだけとわかっているのに、目がぴたりと吸い寄せられたように見ることをやめられない。

そしてそれを大切にしなかった自分の愚かさに改めて身を刻まれる思いがする。

バカだった。あたしは本当にバカだった。

眼球が痛いほど熱くなり、涙が溢れる。あの時、うちの子を見ていた年寄りもこんなふうに泣いたのだろうか。

3月27日

「死後事務委任契約、ですか?」

案の定、あたしの話を聞き終えた吉澤さんは眉根を寄せて困惑の表情を浮かべた。仕事が終わったあと、どうしてもふたりだけで話したいことがあるからと頼み込んで、家に寄ってもらったのだ。さんざん迷ったが、老体に残っている勇気をかき集めて誘ってみると「いいですよ」と拍子抜けするくらいあっさりと頷いてくれた。

吉澤さんもあたしも仕事場まで自転車で通っている。あたしの借りているアパートとは反対方向の家だが「自転車だからワケないですよ」と笑って言ってくれた。おまけに途中で「ちょっとコンビニに寄っていいですか?」と訊くので、自分の買い物かと思ったら、買った物を入れたその袋を提げたままウチに来て「適当に選んじゃったんですけど」と、袋を持ち上げ、はにかんだ笑顔で言う。

「そんな、悪いよ。お金払うよ」

「いいえ、ご自宅にお邪魔するんですからこのくらい当然です」

と吉澤さんはまた笑顔で言う。やっぱりこの人は育ちがいいんだ。こういうことが自然にできる。いい親にきちんと育てられた人だ。

部屋は昨日きれいに掃除しておいた。足折テーブルの上に吉澤さんが買ってきてくれたお菓子と飲み物を並べる。ペットボトルのお茶とおはぎとおせんべいとポテトチップスとチョコレート。遠慮なくそれらを頂きながら本題に入る。

「嫌ならはっきり断ってくれていいんだよ。話聞いてくれるだけでも十分にありがたいから。こんなことをいきなり頼まれたら誰だって驚くし、迷惑なのは百も承知で、でも恥を忍んで吉澤さんにお願いしたいことがあるんだよ」

「はい、なんでしょう」

吉澤さんがポテトチップスを食べる手を止めてまっすぐこっちを見る。

そこであたしは死後事務委任契約について話し始めた。そういう制度があるらしいことはどこかで聞いたことはあった。頼ることができる親族がいない、いても連絡を取ることができない、または親族に頼ることを希望していない人が、信頼のできる第三者に、自分の死後の諸々の手続きを任せること。実際そういう人は増えているらしい。葬儀や火葬、納骨の手配、病院への支払いや住居の片付け、公共料金の精算と解約、役所への手続き等を親族以外の人に頼む。死後事務に関する費用は生前に話し合っておく。受任者への報酬もきちんと支払う。

三日前、役所の中にある社会福祉協議会というところに話を聞きに行くと、窓口のまだ若い男性職員は、身寄りのない老婆を哀れんでか、とても丁寧にいろいろと教えてくれた。

「その死後事務委任契約の受任者を私に、ということですか？」

「断ってくれていいんだよ。うん、そのことをあたしが根に持ったりはしないから。ダメならお互いこの話はすぐに忘れて、なかったってことで、職場では今まで通り」

「いえ、嫌とかではないんですが、でもなんで。娘さんとお孫さんが確か東京《とうきょう》の北区《きた》にいるって以前聞いていたので」

「そう、そうなんだけど、いろいろあって、まあ全部あたしのせいなんだけど、自業自得っていうか。今は疎遠、いやほとんど絶縁状態で。それでも血のつながった親子なら話せば伝わるはず、わかりあえるはずって他人は言うけど、そういうのがもう効かないほどになってて。全部あたしのバカのせいで。ホント身から出た錆《さび》というか」

うなだれるあたしに「そうですか」と吉澤さんは静かな声で言った。

「わかりました。私にこんな大切なことを頼むなんてよほどの事情とお察しします。私でよければお受けいたします」

吉澤さんが畳に手をついて頭を下げる。

「本当？　本当にいいの？　ありがとう、ありがとう、ありがとうございます」

あたしも畳に額をこすりつけるようにして言う。ほっとしたのと嬉しいのとで泣きそうになる。

「そんな多くはないけど報酬もちゃんと支払わせていただくんで」

「いえいえ、そんなご心配はいりませんよ。そんなものは頂かなくても、頼まれたことはきちんとさせていただきますから」

吉澤さんがハンカチで口元を押さえながら言う。

「いやいや、それじゃああたしの気が済まないよ。それこそ成仏できなくなっちまう。報酬は報酬としてきちんと受け取ってもらったほうが、あたしの気がラクになる、助かるんだよ。そこはどうかお願いします」

「そこまで仰《おっしゃ》るならわかりました」

それから吉澤さんはスマホを取り出し、死後事務委任契約について調べ始めた。時々「へえ、なるほど」と言いながらメモを取っている。

「いろいろわかってきました。でも今すぐどうのこうのって話じゃないですよね。タツヨさん、まだまだお元気ですもん。でも時間のある時に備えておくのは大事ですよね。私の大学時代の友だちで役場に勤めている人がいますから、今度詳しく聞いておきますね」

「ありがとう、ありがとう。本当になんてお礼を言っていいか」

「でも生前にお墓を建てると長生きするって言うじゃないですか。元気なうちからこういう準備をしているタツヨさんもきっとまだまだ元気で長生きしますよ」

明るく言う吉澤さんにつられてあたしも思わず笑顔になる。時計を見ると午後八時近くになっていた。

「いけない、もうこんな時間。あの、よかったら夕飯食べてく？　大したもんはできないけど」

「えっ、いいんですか？」

吉澤さんがぱっと顔を輝かせる。

「ホント、そんな大したもんじゃないけど。それでよければ」

「いいも何も、実は今日母が名古屋の弟のとこに行ってまして一泊してくるんで、うちに帰ってもひとりだったんです。だからファミレスにでも寄ってこうと思ってたんで、こちらこそ助かります。ありがとうございます」

「いやいや、レストランと比べられると困っちゃうんだけども。それとも店屋物でも取ろうか？お寿司《すし》とかお蕎麦《そば》とか。若い人はピザとかのほうがいいのかな？」

「いいえ、そういうのは自分でいつでも食べられますから、できればタツヨさんの手料理が食べてみたいです。もしご負担でなければそうしていただきたいんですが」

こんなバアさんが作ったものなんて気味悪がるんじゃないかと思ったが、吉澤さんは嘘のない瞳でこちらを見ている。

「そうかい？　じゃああんまり期待しないどくれよ、ほんと大したもん作れないから」

言いながらあたしは冷蔵庫の中に、うどん玉があったことを思い出す。

「じゃあうどんは？　うどんは好き？」

「はい、おうどん大好きです。ウチでも外でもよく食べます」

あたしは早速出汁《だし》の用意をして、それだけじゃ足りないからツナの缶詰を開け、レタスをちぎり、プチトマトを飾ってサラダを作る。煮立った出汁にうどん玉を入れ、玉子を落とし、刻みネギとかまぼこを添える。誰かに食事を作るのなんて何十年ぶりだろう。

「お待たせ。どうぞ」

吉澤さんの前に丼を置くと、吉澤さんは「うわあ美味しそう、いただきます」と手を合わせる。

「ふうふうして食べな」

気がついたら声に出していた。言った途端に涙が溢れ出し止まらなくなる。

ふうふうして食べな。

遠い遠い昔、やさしくそう言った時が確かにあったのだ。

六畳の和室。日に焼けた畳。窓ガラスに貼った切り飾り。牛乳瓶に挿したマーガレット。

全部台無しにした。あたしが壊した。

「タツヨさん？」

吉澤さんを困らせるとわかっているのに、あたしは涙が出るのを止められなかった。

4月9日

双六《すごろく》っていうのは、単純だけど楽しい遊びだ。やり始めるとついつい夢中になってしまう。あの子とも随分やった。ウチにはそれくらいしか遊べるものがなかったから。

サイコロを振る。出た目の数だけ升目《ますめ》を進む。数字が大きけりゃいいってもんでもない。思い通りの欲しい目はそうそう出ない。多すぎたり足りなかったり。もどかしくて、でもそこが面白い。会社に就職する。初めての給料をもらう。会社が倒産する。宝くじが当たる。結婚する。子供が生まれる。家を買う。升にはおもしろおかしい絵とともに、そんなことが書いてあった。

あたしの人生を双六にしたら、ろくなもんじゃないね。小さい頃から親に邪険にされて結婚させられ、あの子が生まれる前に夫が亡くなり、身内に騙されて金を取られる、階段から落ちて怪我して働けなくなる、レジの金がなくなりあたしのせいにされ、やっと見つけた勤め先をクビになる。本当にろくなことがない。それでもあの子が生まれたのはいいことだった。唯一といってもいい。それなのにあたしは。

自分の手を見る。見慣れたあたしの手。この手が。この手で。どうしてあんなことをしたのか。あんなことができたのか。自分で自分がわからない。自分で自分が恐ろしい。自分でこの手を切り落としてしまいたい。あたし死ね、あたし死ね、あたし死ね。今まで何万回心の中で呪うようにして唱えてきただろう。

双六には「振り出しに戻る」っていう升があった。そこに駒《こま》が止まると、あの子は「あーっ」

と口をまあるく開けてちっちゃい手で頭を抱えたけど、ああ、今振り出しに戻れたら、どんなにいいだろう。振り出しに戻って一からやり直せるなら、今度こそちゃんとする、絶対に大切にする。バカめ。そんなことができるならみんなそうしてる。後悔する人なんていない。どうして人間ってやつは、考えてもどうにもならないことを考えてしまうんだろう。

でもあたしの腐りきった最低の双六もそろそろ「あがり」が近いようだ。最近体中がギシギシしている。歳のせいばかりでもないみたいだ。寝ていてもつらい。胃が時々キリで刺されたように痛む。腰のあたりが引き攣《つ》れる。背骨に鋭い痛みが走る。とにかく全身がだるくて仕方がない。職場の義務で受けた健康診断でも「要精密検査」という文字がいくつもあった。病院へ行ったらなにかしらの病気が見つかるだろう。

今日も仕事を休んでしまった。派遣会社には風邪だと連絡しておいたけれども。仕事帰りに吉澤さんが寄ってくれた。合鍵を渡してあるので、自分で開けて入ってきてくれる。すぐに食べられるものと日持ちするものを買ってきてくれた。ありがたい。

「お加減はどうですか?」

布団に横たわったままのあたしを吉澤さんが覗き込む。

「新田さんも、どうしたんだろうって心配してますよ」

こうなると新田のバアさんでも懐かしい気がする。

「この歳になるともう仕方ないやね。あっちこっちにガタが来て」

「病院は行かれたんですか?」

あたしは寝床の中で首を振る。

「どうして」

「行っても行かなくてもそう変わんないさ。自分でわかるよ、そろそろだなって。だからいいんだよ。先生だってあたしを診《み》る時間で、ほかの人を診てやったほうがいいよ」

「なんでそんなふうに思うんですか。どうしてそこまでご自分を責めるんですか。具合が悪いのに病院へ行かないなんて、自分で自分を少しずつ殺しているようなものですよ」

吉澤さんは少し怒っているようだったが、あたしはそれには答えず目だけぎょろぎょろ動かした。吉澤さんが軽くため息をつく。あたしはこの人に嫌われたくない。親にも兄弟にも、自分の子供にさえ嫌われて愛想を尽かされてきたくせに、自分にまだこんな気持ちが残っていたことに呆れる。

「ごめん、ごめん」

「そんな、タツヨさんが謝ることじゃないですよ」

そうだな、「ごめんで済むなら警察いらない」あれは真実だな。でも「ごめん」としか言いようがないこともある。

ごめんなさい、ごめんなさい、ごめんなさい。

今更謝ったってどうにもならないのに。

謝るくらいだったら、どうしてあんなことをしたんだ、バカめっ。

「タツヨさん？　どうしました？」

吉澤さんが顔を覗き込む。

「あ、ごめん、ごめん、ちょっとぼーっとしちゃった。それでね、これまでに何度も話し合って確認したけど、万が一の時はよろしくお願いしますね。本当はその辺の土にでも埋めてくれりゃあいいんだけど、そういうわけにもいかないみたいだから」

「そんな、金魚じゃないんだから」

そう言って吉澤さんは笑おうとしたようだが、両目からポロポロ涙がこぼれ落ちる。綺麗な涙だった。

神様、ありがとうございます。今まであなたからさんざん痛めつけられてきたけれど、最後に来て、あたしのために泣いてくれる人を遣わしてくれたことに感謝します。

「なあに、今日明日って話じゃないんだからさ、そんな泣かないどくれよ。こんなこと言ってるババアに限って長生きしたりするもんだよ」

あたしの言葉に頷きながら吉澤さんがハンカチで目を押さえる。

「それでさ、これは言い忘れてたんだけど、あたしのお棺に入れて欲しいものがあるんだけど」

「なんでしょう」

吉澤さんが居住まいを正す。

「そこのタンスの三段目の奥にね、メガネケースが入ってるから。深緑色のやつね。それを必ずあたしの棺《ひつぎ》の中にいれて欲しいんだ」

「深緑色のメガネケースですね。承知しました。タンスの三段目、と」

吉澤さんがスマホに打ち込んでいる。

「でもタツヨさんって、目、お悪いんでしたっけ？　老眼鏡かなにかですか？」

「いや、あたしのじゃないんだ。死んだあたしの旦那のなんだ」

「旦那さんの。なぁんだ、タツヨさん、旦那さんとはラブラブだったんじゃないですか。遺品を一緒に入れて欲しいだなんて」

にっこり笑って言うので、あたしも笑い返す。

「タツヨさん、マグダラのマリアってご存知ですか？」

吉澤さんが真顔になって訊く。

「マリアってキリストさんのお母さん？」

「そのマリア様とは別の女性です。私は中学、高校とカトリックの女子校だったんですが」

「へえ、あんたやっぱりお嬢様なんだ」

「そんなことないですよ。たまたま家から近かったのと両親が女子校を希望していたというだけです。その学校は週に一回宗教の授業というのがあったんです。聖書について学んだんですが、その中にマグダラのマリアという女性が出てきます。マグダラのマリアは罪深い女性でしたが、主イエスにより心から改悛して信徒になりました。主は罪深きものほど救われるべきというお考えです。ですから救われていいんですよ。タツヨさんは十分に苦しまれてこんなに悔いているんですから、救われていいんです。救われることに罪悪感を持たないでください」

布団の上に投げ出されたあたしの手を取る。やわらかくてあたたかい手。視界がじわりと潤み、慌ててまばたきを繰り返す。

ありがとう吉澤さん。でもあたしを赦すのはキリストさんじゃないんだよ。

そう思ったが口には出さず、頷いて目を閉じた。

そのあと吉澤さんは、病院に行ってくださいね、と何度も念を押して帰っていった。でもあたしは病院には行かないだろう。自分で自分を少しずつ殺している、か。確かにそうかもしれない。だけどあたしは今不思議と静かな気持ちなんだ。

ようやく、ようやくだ。ようやく「あがり」が見えてきたんだ。そこに描いてある絵は地獄だな。昔、お寺で見た地獄絵図。血の池に針の山。あたしの「あがり」にふさわしい。

もう赦してくれとは言わない。ただ、ごめんなさい、ごめんなさい、ごめんなさい、ごめんなさい。今更こんなこと言っても仕方がない、届かないとわかっているのに、それでもこれしか言うことがない、ごめんなさい。あの子のことを思うと、身が焼かれるようだ。

真千子。真実に価千金《あたいせんきん》の子。

まーちゃん、まーちゃん。あたしは何度も呼びかける。

白い花が咲いてるよ。チョウチョが飛んできたね。雲が流れていくね。川が眩しいね。夕焼けが綺麗だね。

川べりの小さなあの家。とっくに取り壊されて今はもうないのに。二度と帰れない家なのに。どこからか水の流れる音がする。そんなはずないのに。

あの家にはあの子がいる。あたしの産んだ子があたしを待っている。

「おかーしゃーん」

あの子の呼ぶ声がする。

真千子、まーちゃん、真千子、まーちゃん。

お母さんはもうすぐ帰るよ。

4月20日～30日

いつだったか、昼休み、休憩室でテレビを見ている時、まだ若い母親が幼い子供を虐待死させたというニュースをやっていた。逮捕された母親は深くうつむき、髪で顔が覆われて表情はわからない。

「はあ、なんで自分の産んだ子供を殺せるんだろうね。信じらんないよ。鬼だね、鬼」

新田さんが身震いするように肩をすくめて言う。

「まったくだね、人間のすることじゃないよ」

宮本さんが首を振りながら応える。

けれどあたしとこの母親は紙一重だ。あたしはあの時たまたま運良く殺さないで済んだだけ。もしあの時。途端に動悸《どうき》が激しくなり額に脂汗が滲む。膝の上に置いた手を見る。罪深い手。あたしはこの手であの子を叩いた。幾度も。そしてもっと恐ろしい、もっとおぞましいことをしようとした。その手がブルブル震え出す。周りの人にそれを悟られないよう慌てて腕組みをして脇腹に隠す。


あの子が夢に出てきたらいいのに、と毎晩思う。滅多に出てきてはくれないけれど。でも出てきてくれたらくれたで、そのあとがつらい。ひとりを思い知らされてどの道つらい。

逆にあの人の夢だけは見たくない。それは悪夢だから。そう思っているとそんな夢ばかり見たりする。

あの人、田中正《ただし》。簡単な名前。小学生でも書ける漢字。名前の印象通りの、ごく平凡な人だと思った、最初は。

話を持ってきたのは父親だった。遠縁の知り合いからの筋で。

あたしは中学を出たあと、県内にある飲料水工場に就職してそこの寮に入った。本当は篠原先生みたいな学校の先生になりたかったのだけど、上の学校に行くほどの頭もお金もあたしにはなかった。それになにより家を出たい気持ちが強かった。両親の暴言と暴力から逃れるために寮に入ったのだ。もう親の顔色を窺って、両親の影に怯《おび》える必要はない。仕事はきつかったが、あたしには初めての安住の場所だった。

四人ひと部屋で冷暖房はもちろんコンセントもないような部屋だったけど、同じ年頃の娘たちときゃあきゃあ言って暮らすのはそれなりに楽しかった。十年の間、あたしは実家にほとんど顔を見せなかったし、実家のほうでも帰って来いとは言わなかった。盆でも正月でも。寮にはあたしのように実家に帰らない子も何人かいたから、別段寂しくもなかった。

一年目からずっと同室だった幹《みき》ちゃんがそうだった。

「ミキって洒落《しゃれ》た名前だね。外人さんみたい」

とあたしが言うと、

「ミキって言っても木の幹だよ。木の幹が洒落てるわけないさ」

と笑っていた幹ちゃん。でも幹ちゃんのおかげで、あたしは初めて幹という漢字を知って書けるようになった。隣県の寒村出身で小柄でほっそりした幹ちゃんは「あたしは今でもバスは小学生料金で乗れるんよ」と華奢《きゃしゃ》な身体を反らし得意気な顔をした。幹ちゃんの家は大風で吹き飛ばされて、もうないという。いくら大風でも吹き飛ばされるような家って、藁の家じゃあるまいし一体どんな造りだったのか。ウチの貧乏家だってそこまでじゃない。それに親兄弟はどうしたのか。まさか風と一緒にどこかに吹っ飛ばされてしまったわけでもないだろうに。だが幹ちゃんは家族についてはあまり語りたくないようだった。だからこっちも聞かない。探られて痛い腹にはお互い触らないのがそこでの暗黙のルールだった。

「だからもうあたしには帰る家はないんよ」

そう言う幹ちゃんと盆休みや正月休みは寮で過ごした。夏は工場の空き地で線香花火をしたり、冬はお金を出し合ってお餅を買い、網で焼いて食べた。あの餅はうまかったな。映画を観に行ったこともあった。洒落た外国映画。そうだ、確か『太陽はひとりぼっち』という映画だった。ストーリーは忘れてしまったけれど、タイトルと映像は断片的に覚えている。大スクリーンに映し出される異国の街並み、優雅な曲線のつややかな車、華やかなファッション、目の覚めるような美男美女。お金を貯めていつか外国に行こうと幹ちゃんと約束した。

でも五年目の春に、幹ちゃんの叔父さんという人が突然現れ、幹ちゃんにいい縁談があるというので、急遽《きゅうきょ》故郷に帰ることになった。

「田畑をたくさん持ってるお大尽《だいじん》なんだって」

頬を光らせて言う幹ちゃんが羨ましかった。幹ちゃんはかわいらしい顔立ちをしているからな。あたしは器量が悪いからダメだ。そう思うと取り残されたようでひどく寂しかった。

「手紙書くよ」

「うん、絶対、約束だよ」

そう言い合ったのに、待てど暮らせど、幹ちゃんから手紙が来ることはなかった。幹ちゃんの嫁ぎ先は聞いていない。向こうから手紙が来なければ、連絡の取りようがない。

いいとこの奥さんになって、あたしのことなんか忘れたかな。ここでの暮らしなんか思い出したくもないのかもしれない。それならそれでいい。幸せにやってるのならそれが一番だ。

だけどある時、隣部屋の富子《とみこ》という、縦も横もある大女に「幹ちゃん、売られたらしいわ」と聞かされた。洗濯場で下穿きをゴシゴシ洗濯板でしごいていると、金だらいを持った富子が横に来て言ったのだ。

「えっ、売られた？　幹ちゃんが？　どこに」

「さあ、知んね。でも売られたっていうんだから、それなりのとこじゃねーの」

まさか、そんなの嘘だ。幹ちゃんがいいとこに嫁に行ったから妬《ねた》んでそんなことを言ってるんだ。そう思いながらも、胸がどす黒い不安でいっぱいになる。幹ちゃんを迎えに来た叔父さんという男のシワの深い顔を思い出す。あたしが挨拶をすると薄い唇を歪《ゆが》め笑ってみせたが、小さな奥目にはぞっとするような狡猾《こうかつ》さが宿っているように見えた。

「誰から聞いたの？」

「それは言えんわ」

富子は意味ありげにニヤリと笑って水道の蛇口を勢いよくひねった。富子は工場の副班長とデキているという噂《うわさ》で、その副班長からの情報だとしたら信ぴょう性は高い。

でもまさか、今時売られるなんて、そんなことあるだろうか。そんなのは大昔の時代劇とか、あたしの母さんが子供の頃の話じゃないか。だけどその夜は幹ちゃんの顔や声や仕草、少女のような体つきが思い起こされてなかなか寝つけなかった。

金がないのは哀《かな》しい。幹ちゃんは大風で家が吹っ飛ばされて、自身もつむじ風に翻弄《ほんろう》される木の葉のようにどこかに運ばれていってしまった。だけどあたしにはどうすることもできない。これがただの根も葉もない噂で、本当は幹ちゃんが言っていたようにお大尽のとこに嫁いでいますように、と毎晩寝る前に祈った。

幹ちゃんがいなくなったあとも、あたしは工場で来る日も来る日も回収した空き瓶を洗って乾かしてまた運んで、その繰り返しで、さすがに嫌気がさすことはあったけれど、ほかにできることもないので仕方ない。ただこの現実を生きるだけだ。

そんなふうにしていたら、気がつけば十年近くが経っていた。あの当時、田舎で二十五っていったら、もう嫁き遅《いおく》れの部類だった。親は、そろそろテキトーなとこに嫁にやらんと、一生ひとりかもしれんと焦ったのかもしれない。

「おまえはこの人んとこに行くだど」

久しぶりに実家へ帰ったあたしに父さんが言った。畳の間で正座するあたしの前に一枚の写真があった。白黒の四隅がちょっとめくれた写真。野暮ったい背広を着て黒縁メガネをかけた男が写っている。度の強い瓶底メガネのせいか、目の在り処《あか》がわからず、無表情に見える。裏を見ると「田中正　三十二歳」と万年筆で書かれていた。

えっ、これって。

顔を上げると両親が並んで珍しくニコニコしている。

先週実家から寮にハガキが届いた。鉛筆書きの母さんの字。あたしは母さんから書いたものをもらうなんて初めてだったから、嬉しくて何度も読み返した。そこには、「元気ですか」から始まり、しばらく会っていないからこの週末帰っておいで、父さんも待ってる、とあった。あたしはそれまでの恨みつらみを忘れて、いそいそと実家に帰った。ご丁寧に母さんには花柄のエプロンを、寒がりの父さんには厚地の靴下まで買って。そんなふうに人並みのことをしている自分に満足し安堵《あんど》していた。

お土産を渡すと、母さんは「こんなもんに金使って」と口では言ったが、しっかり受け取って、いそいそと仏壇に供えてくれた。うちは毎日のご飯やお茶はもちろんお菓子でもなんでも、いい頂きものはすべて仏壇にお供えしていた。だからあたしは嬉しくなったけど、男の写真を前にみるみる気持ちがしぼんだ。

ああ、そういうことか。

鈍いあたしはようやく理解した。このふたりが理由もなくあたしに会いたがるはずがない。これまでだって、珍しく里心のついたあたしが寮から電話をかけ、帰りたいことをほのめかすと「そっちにいてくれたほうがこっちは助かるんだよ。うちも忙しいからね。あんたの布団もないし」とあからさまに迷惑そうな声で返されていたじゃないか。

「夜間だがちゃんと高校も出とる。工業高校の機械科卒で腕のいい工員さんだ。手に職があるのが一番だぞ。食いっぱぐれがない。酒もタバコもやらん。大人しくて真面目で、おまけに三男だ。親のいるとこに行っちゃあ苦労するけんど、その心配もない。住むとこも工場の社宅がちゃんとあるだと。おまえなんかにこんなイイ話は二度とねえど」

父さんが今まで聞いたことがないようなやさしい口調で言い、その隣で母さんが頷きながら穏やかな笑みを浮かべている。こんなやわらかい眼差《まなざ》しと笑顔をこのふたりから向けられたことは初めてだ。あたしは自分が今、親孝行をしているような錯覚に陥った。

今まで感じたことがないようなくすぐったいものが湧き上がって、もっとこのふたりを喜ばせたい気持ちになる。

「うん、わかったよ」と自然に答えていた。それを聞くとふたりは顔を見合わせ大きく頷き、一層笑顔になって、母さんはその晩あたしの好きな肉団子をたくさん作ってくれた。あたしはそれをおかずに白飯を四杯も食った。

それからは話が早かった。二週間後には飲料水工場を退職し寮を引き払い、そのまた二週間後にはその人と結婚し、隣県に越していたのだ。結婚式はもちろん、新婚旅行もしていない。こうしてあたしはあっという間に田中タツヨになった。簡単なものだ。向こうの親も長男家族と九州《きゅうしゅう》に住んでいるので、本人同士が気に入ったのならそれでいい、すべて任せるとのことで、改まった挨拶とかそういうのが苦手なあたしは助かったと思った。

田中正とは結婚前に、一度だけ会った。うろこ雲が輝いていた十月の午後。向こうがうちの近くまで来てくれたので、ふたりでバスに乗り、街中の定食屋に入った。刺身定食が美味しそうだったが、向こうがカレーライスを注文したので同じものにした。改めて向かい合ってちゃんと顔を見たが、特に嫌な感じはしなかった。写真ではわからなかったが、やや受け口で、気にならなかったといえば嘘になるが、御面相《ごめんそう》のことを言い出したらお互い様だ。

なにか話してくれないかと思ったが、一向に口を開きそうになかったので「カレー、好きですか」と訊くと「はあ」と空気漏れしたような返答。「寮でもカレーが一番の人気メニューで、みんなよくおかわりしてました」と言っても、これまた「はあ」と返ってくるだけ。あとは黙々とカレーを食べて店を出た。

帰りもバスだった。乗り込むとバスの中ほどの窓際の席がひとつだけ空いていた。途端に男はその席めがけて突進し、どかっと腰を下ろした。唖然《あぜん》としているあたしの存在なんかまるっきり忘れたかのように額を車窓につけ外の景色に夢中になっている。隣の席に座っているおじいさんが、気を使ってか「私、次で降りますから」と言ったが、あたしは顔がかあっと熱くなってうつむいてしまった。その言葉通り、おじいさんは次のバス停で降りていき、あたしが隣に座っても向こうはあたしに見向きもしなかった。

「外見るの好きですか？」

やや大きな声でその横顔に話しかけると、体をビクンとさせ、初めてあたしがそこにいるのに気がついたといった顔でこっちを見る。二、三度まばたきをして、あたしの顔を見つめ「はあ」

と言った。それでも男は私の家の近くのバス停で一緒に降り、家まで送ってくれた。両親がちょうど野良仕事から帰ってきたので、庭先で簡単な挨拶をした。その時は至ってまともに見えた。

「いい人じゃねえの。おまえは果報者だわ。あんないい人んとこにいけるんだから」

男が帰ったあと、両親は彼のことをベタ褒めした。

「でもすごく無口なんだよ。今日もほとんど口きいてないし」

つきまとっている違和感をなんとか伝えたいと思ったが、

「緊張してたんだろ。真面目なんだよ。そういう人が女の人を幸せにするんだよ」

「そうだ。男は無口なくらいがいいんだ。男でベラベラしゃべるのはセールスマンと詐欺師だけだ」

と、取り合ってもらえなかった。帰りのバスでの出来事を話すと、ふたりは大笑いし、

「面白い人じゃないか。子供みたいに純粋なんだよ。そういう人はおかみさん次第でいい旦那さんになるもんさ。あんたがしっかり手綱を握ってやりゃあいい」

と、愉快な話みたいになってしまった。しかし両親にそう言われるとそんなような気もしてきて、それになにより今から断る選択肢などないとわかっていたから、もう乗るしかなかった。暗いところに目をやるな、明るいとこだけ見ていこう、と自分に言い聞かせる。

結婚後住む予定の隣県には理容師をしている四男が所帯を持っているというのも大きかった。九人もいる兄弟らは、決して仲がいいとは言い難かったが、この四番目の兄とは割とウマが合っ

た。両親に殴られたり、ぶたれたりしたあと、手当てをしてくれたこともあった。折檻《せっかん》があまりにひどいと「そんくらいにしておいてくれちゃあ。タツヨは女の子だで、嫁に行けんほどの傷が残っても困るらけん」と言ってくれたこともある。ほかの兄弟は見て見ぬふりだった。あたしが痛めつけられるのを、意地の悪い笑みを浮かべて見ている者もいた。

兄はあたしの結婚をとても喜んでくれて、社宅への引越しを手伝い、煩雑な手続きや届けをほとんどやってくれた。結婚祝いと言って、ブランドのバスタオルセットまでくれた。

結婚した男のことも「頼りないとこはあるけど、悪いやつじゃないよ。男なんて悪人じゃなけりゃいいんだよ。旦那が頼りないなら、その分おまえがしっかりすりゃいいことだ」と言った。

こうして新しい生活が始まった。暮らし始めると、確かに男——田中正は悪い人間ではなかった。あたしは料理上手ではなかったが、男は出されたものを黙って平らげ、持たせた弁当も毎日きれいに食べてきた。掃除や洗濯についても口出しすることはなかった。

あたしは兄の紹介で内職を始めた。ネジを数えてビニールの小袋に入れるとか、キーホルダーにチェーンを付けるとか細々《こまごま》した仕事で、大した稼ぎにはならなかったが、工場で立ちっぱなしの仕事をしていたことを思えばラクなものだった。仕事が立て込んでいる時は、狭い部屋が内職関係のもので溢れ、足の踏み場もなかったが、男が文句を言うことはなかった。

文句も言わないが必要な口数も最低限で、向こうから話しかけてくることは滅多になく、こっちから話題を振っても鈍い反応しか返ってこない。のれんに腕押し、糠《ぬか》に釘《くぎ》、を地でいくような人だった。この人には人間らしい感情がないんじゃないか、と思えることもあった。あたしが「腹が痛い」と言ってうずくまっていても、そばでぼんやり見ているだけ。「背中さするとか、薬持ってくるとかしてよ」と言われて初めて動く。気が利かない、というレベルではなく、なにかが大きく欠落していると感じた。だが言われれば素直にやる。悪気はないのだ。誰かに言われて、そこで初めて気がつく。きっと小さい頃そういうことを親に教えられてこなかったのだろう。

そういうところを少しでも改善しようとあたしがその都度注意すると「そこまで考えてなかった」と馬鹿のひとつ覚えのように繰り返し、あたしを苛立《いらだ》たせた。「あんたはいつになったら、そこまで考えられるようになるんだよっ」ときつく怒鳴り散らしても、空っぽみたいな目をして首をかしげるばかりだった。

男は日常の中でもしょっちゅうヘマをやらかした。例えば夏のある日、炎天下であたしが網に入ったすいかを吊《つ》るしている。あたしの大好きなすいか。果物の中では一番好きかもしれない。八百屋の店頭で縞模様《しまもよう》のくっきりした、いいすいかを見つけたあたしは「買ってもいい？　あたし、すいかがすごく好きなんだよ」と少し甘えた声で男に言った。いちいち断らなくても、あたしの買う物に男が文句など言わないことはわかっていたが、あたしがそうしてみたかったのだ。

男は鷹揚《おうよう》に頷き、あたしは財布からお金を出した。店主はすいかの網を最初男の前に差し出したが、男が腕を組んだままなぜだか足元にあるプラスチックのカゴに盛られたナスを凝視していたので、店主はあたしに網の持ち手を寄越した。あたしはすいかを吊るして歩き出す。男は手ぶらだ。「重いから持ってよ」と言うと「うん」と答えて子供のように真っ直《ま》ぐ《す》に手を伸ばす。その手の指をあたしの指で挟み込むようにしてから網の持ち手を掛ける。

「いい？　ちゃんと持ったね？　手を放すよ？　落とさないでよ？　大丈夫ね」

「うん」真剣な顔で頷く。手を放す。その瞬間にすいかが落ちる。グシャッという嫌な音がした。嘘だろ。

「なにやってんだよっ」あたしが男の腕を思いっきり強く叩く。男は赤くなった半袖の腕をさすりながら「なんで落ちちゃったんだろ」と、アスファルトの上で、いびつに割れて崩れた赤い果肉から汁を滴らせているすいかを不思議そうに見ている。「なんでって、こっちが聞きたいわ」するとジョークだとでも思ったのか、ヘラヘラとした薄い笑いを浮かべ、あたしの怒りに油を注ぐ。

真夏の炎天下、あたしは泣きながら男を詰《なじ》り続けたが、男はまるで他人事《ひとごと》のような顔をして焦点の合わない目でどこか遠くを見ていた。あたしは脂汗をかきながら、すいかの残骸を拾い集めたが、男はぼーっと突っ立っているだけで手伝おうともしない。あたしはやけになって、その場にしゃがみこんで、猿公《エテ》みたいに割れたすいかに手を突っ込み果肉を頬張った。すいかはぬるく甘かった。顔が汗と涙とすいかの汁でベタベタになった。そんなあたしを男はじっと見ているだけだった。あたしは意地になってすいかをひとりであらかた食べきると、皮を近くのかぼちゃ畑に思いっきり放った。

男は、あたしが「気をつけてよ」と言うと失敗する傾向があるようだった。「転ばないように気をつけてよ」と言うと転び、「落とさないでよ」と言うと落とす。わざとじゃないかと思うほどに。傍から見たらコントだ。でも実生活でやられたら、たまったもんじゃない。いっそなにも言わないほうがいいのかもしれない。でも少しでもよくしようと思うと、つい口が出てしまうのだ。

男は時間の感覚もおかしくて、「ちょっと待ってて」と言って、一時間待たせたり、「すぐ帰ってくる」と言って出たっきり、三時間以上戻ってこないこともあった。あたしが顔を真っ赤にして怒っても、なぜ怒っているのかわからないふうだった。男の「ちょっと」はちょっとではなく、「すぐ」はすぐではなかった。人を長時間待たせても、一向に悪びれる様子もなく平気な顔をしている神経も信じ難かった。

あたしが「その感覚はおかしい、常識から外れている。直さなきゃダメだ」と言うと「わかった」と、その時は実に神妙な顔をして頷くが、驚異的な忘却力ですぐにすべて忘れて同じことを繰り返す。鶏《にわとり》は三歩歩くと忘れると聞くが、あたしは本気で「こいつは鶏なんじゃないか」と思ったほどだ。これで勤めができているのが不思議だったが、旋盤工の仕事は好きらしく、職場ではそれなりにやっているらしい。

しかし一番あたしを困らせたのは忘れ物だった。男の忘れ物の頻度は常軌を逸していた。とにかくいろんなものをあちこちに忘れてきた。弁当箱、ハンカチ、上着、カバン、財布。会社に置いてくるならまだいいが、どこかで落としてしまったら絶望的だった。返ってくることはほとんどない。身につけるものは全部落としてもいいような安物にして、財布は持たせないようにした。工場までは徒歩で通っていて、弁当持ちだったから、別に現金がなくても大丈夫だったのだ。

だがある日、とうとうあいつはやった。給料袋を落としてきたのだ。あの頃中小企業はまだ給料を現金手渡ししていたところが多かった。それまでは、さすがに給料袋を落としてくることはなかった。本人もそれだけは細心の注意を払っていたらしい。だけどあの日、とうとうやってしまったのだ。くたびれた革のカバンの中身を全部出して、ひっくり返してみたがどこにもない。男の身ぐるみはがしてシャツやズボンのポケットまですべて裏返して探したが、ない。男がたどってきた道を懐中電灯片手に舐《な》めるようにして探したが、ない。まだ工場に残っていた責任者にわけを話し、仕事現場や事務所、休憩室、トイレまでそれこそ血眼で探し回ったが、ない、どこにもない。髪を振り乱し、なりふり構わず探し回るあたしの横であの男はまるで他人事のような顔をして、探しているふりをしていた。あたしにはそう見えた。まるでなくしたのがあたしであるかのようだった。

こいつはおかしい。どこかおかしい。ぞっとするものが背中を這《は》い上がってきた。

「私のほうでも探しておきます。明日みんなにも伝えておきます。もし見つけたら、すぐに連絡しますよ」

責任者があたしの腹に目をやりながら言った。あたしは妊娠七ヶ月だった。哀れまれたのかもしれない。帰り道も祈るような気持ちで探したが、やはりなかった。

ようやく家にたどり着くと、あたしは畳に倒れこみ、動けなくなった。

「ご飯は？」

耳を疑うとはこのことだ。あたしは信じられない気持ちで、顔を上げた。何事もなかったかのように、男がちゃぶ台を前にして座っていた。

嘘だろ。あたしはこの男が空恐ろしくなった。

「は？　それ以外に言うことはないの？」

きょとんとした顔で首をかしげる。あたしは何度この顔、この仕草を見てきただろう。

「どうすんの、これから。子供だって生まれるのに。どうやって生活すんの」

「ごめんなさい」

うつむいて黙り込む。いつもこれだ。あたしはもう考えるのも嫌になって、背中を丸めたまま動かないでいると、男が冷蔵庫を開ける音がした。釜からご飯もよそっているようだ。よくこんな時に飯が食えるもんだ。あたしはその夜、なにも食べず、風呂にも入らず、さっさと先に寝てしまった。

翌朝、時間になっても起き出さず、布団の中でじっとしていると、先に起きた男は身支度をして出て行ったようだ。重い身体を引きずって台所に行くと、男は自分で弁当を詰めて持っていったらしい。梅干の壺《つぼ》の蓋《ふた》が開きっぱなしだったから、白飯に梅干を乗っけていったのだろう。今時日の丸弁当なんて、職場の人たちにどう思われるかと案じたが、すぐに「あんなやつのこと知ったこっちゃねえ」という投げやりな気持ちになった。

食欲はなかったが腹の子のために、なんとかご飯を食べ兄の家へ向かう。誰かに話を聞いてもらいたかったのだ。

兄はバスで十五分ほどの隣町に住んでいた。幸いその日は第三火曜日で兄が勤める理髪店の定休日だった。兄はいつか自分の店を持ちたいと考えているようだった。兄のところには小学生の男の子と保育園児の女の子がいた。あらかじめ行くことは電話で伝えてあったので、見るからに安普請の小さな借家の戸をノックするとすぐに兄が出てきた。

「悪いね、休みのところ」

「いや、昨日も休みだったから平気だ。好子《よしこ》は向こうの母親を病院に連れていく日でいないから、大した用意もできんでこっちこそ悪いけんど」

「ううん、兄ちゃんにだけ聞いてもらいたい話があったからちょうど良かったよ」

六月だったがまだ梅雨には早く、よく晴れた空が眩しかった。開け放した窓から青い紫陽花《あじさい》の花が見えた。

兄にこれまでのことと昨日の顚末《てんまつ》を話す。

「まさかそこまでひどいとは思わなんだ」

聞き終わると、眉間にシワを寄せ渋い顔で言う。

「そこまで、って、兄ちゃんは知ってたの？　あの人がちょっと、ううん、かなり変わった人だって」

「おまえこそ、全然聞いてないのか、親から」

「どういうこと？　父さんや母さんはあの人が変だって知ってたの？」

「かなりの変わりもんだってことは、話を持ってきた人から最初に聞いていたみたいだけんど、別に病気ってわけじゃないし、勤めもちゃんとしてるし、そういう人なんだろって。タツヨも変わったとこがある子だから、案外うまくいくんじゃないかって言ってたよ。楽観的に考えてたみたいだな」

「そんな」

「でも向こうの親ってのが、いくら遠くに住んでいるとはいえ、こっちに任せっきりで全然関わろうとしないだろ。なんかおかしいな、って違和感は俺もあったんだ。自分の息子の結婚なのに。話を聞くと、どうも親も持て余してたみたいなんだよな、我が子ながらあまりにも変わり者過ぎて。言っちゃ悪いが、厄介払いしたいような気持ちもあったんじゃないかな」

「じゃああたしは、実の親にも匙《さじ》を投げられたようなとんだ間抜けを押しつけられたってこと？」

怒りで全身の血が逆流し、声が震える。

「でもどうして。なんだって父さんと母さんはそんな人をあたしに」

「ホントになんにも聞いてないんだな。正さんの親は元々うちの実家近くの村の出で、畑も地元に何枚か持ってたんだと。ほれ、うちが持ってる柿原《かきはら》の畑、あれと地続きの畑があったろ。うちの畑はちっぽけなもんだけど、田中さんの畑は広くて土も良かったんだよ。父さんたちは常々あの土地が欲しいって言ってたもんだ」

「もしかして、その畑をもらったとか?」

「向こうは結納金代わりだ、って」

不意に脳裏を幹ちゃんの面影がかすめた。もう長いこと、幹ちゃんのことを祈っていない。これはそのバチだろうか。あたしは畑一枚と交換されたのだ。

なにが「子供みたいに純粋」だ。ただのうすら馬鹿じゃないか。そんなのをあのふたりは娘のあたしにあてがったのだ。それが親のすることか。胃が焼けるようにひりつく。

兄はなにか店屋物を取るから食べていけと言ったが、あたしはとてもなにかを食べる気にはなれず、兄の自宅を後にした。夏のような日差しの中、汗をたらしながらせり出した腹を抱えて、とぼとぼ歩いて帰る。

布団も敷かず畳の上に寝転がっていると、どれくらい時間が経ったのか、鍵を回す音がして男が帰ってきた。横になっているあたしを見てもなにも言わない。

「お金、あった?」

ゆっくり上半身を起こして聞く。男が、何度も目にしたことのある例のきょとんとした顔で首をかしげてあたしを見る。

「お金、昨日なくしたお給料だよ。責任者が探してくれるって言ってたろ？　みんなにも話してくれて」

そこまで言うと、初めて「ああ」とようやく思い出したかのような表情を浮かべた。

嘘だろ。まさか忘れてたのかよ。

「ないらしいね」

一気に頭に血がのぼる。なんでそんな他人事のような口ぶりで言えるのか。おまえのせいであたしがどんな思いをしているのかわかってんのか。

「あんた、なんなの？　あんた人間なの？　それとも鶏？」

また首をかしげ、顎を人差し指で押さえながら、

「鶏じゃないよ」

と真顔で返す。

「くそったれがっ」

あたしは手近にあった紫の座布団を力任せに投げつけた。肉厚の座布団は見事なくらいくるくる回転して男の腹に当たった。

「てててて」

うずくまる男を見ても、悪いとも可哀想《かわいそう》だとも思わなかった。

「あんた、ホントなんなの？　人に迷惑かけて、嫌な思いさせて、口じゃあわかったって言うの

にすぐに忘れて。ほんとあんたってなんのために存在してんの？　あたしを絶望させるため？　あんた、なんのために生きてんの？　あんたみたいなのは生きててもしょうがないよ。死んじゃったほうがいいよ。死ねよ。生きてても、みんなに迷惑かけるだけだから。腹の子のためにも、あんたなんかいないほうがいいよ。そんなんだから親にも見放されるんだよ。だったらひとりで見放されてろよ。あたしを巻き込むんじゃねえよっ」

一気にまくし立て、肩で息をする。頭のどこかで「言い過ぎだ、やめろ」という意識があったが止まらなかった。

「わかった」

小さな声がした。しゃがみこんでうつむいている男が言ったのだ。

は？　またかよ。これだけ言われてまた「わかった」って。やっぱこいつほんまもんのバカだわ。そんなこと言ったって、どうせまたすぐ忘れるんだろ。きれいさっぱり忘れて同じことを繰り返すんだろ。もうたくさんだ。

「じゃあ死んでこいよ。本気でそう思ってるんなら、死んでこいよ。そのほうが世のため人のためだから。なによりあたしのため、腹の子のためだから。あたしの人生に、もうおまえいらねえから。あたしたちはそのほうが幸せになれっから」

さすがにこの言葉は効いたらしく、さらに小さな声で「わかった」と言った。ふんっ、またどうせ口先だけだろ。

「あっそ。じゃあどうせ死ぬなら、金が残る死に方してね。昔、職場の先輩の叔母さんが市営バスに轢《ひ》かれて死んじゃったんだけど、ものすごいお金をもらったんだって。慰謝料だか補償金だか知らないけど。百パー向こうのせいだったから。あんたも死ぬなら、ぜひそうしてよ。バスにうまく轢かれてよ」

わざと明るい声で笑みさえ浮かべて言ってやった。あたしは調子に乗っていた。やり込める快感を覚えていた。ここまで言われたのに男は言い返すでもなく、うつむいたまま、また「わかった」と言った。

「はあ、あんたのそのセリフは聞き飽きたわ」

やけくそになって夕飯の支度を始める。あれだけ言われたのだから、あたしの作ったものなんかもう食べないかと思ったら、男は箸を取るといつも通り普通に食べ始め、あまつさえ、ご飯をおかわりした。

やっぱこいつ、全然効いてねぇわ。

怒りを通り越して呆れていた。

ちきしょう、こんなもんと一緒にさせやがって。

あたしの怒りは、畑一枚と娘を交換した両親に向いていた。許せない。

男はその夜も高いびきをかいて、早々に寝入った。男は驚くほど常に寝つきがよかった。あたしには度々夜も眠れない思いをさせるくせに、と悔しくなって、のんきそうな寝顔に向かって、食いしばった歯をむき出して思いっきり顔をしかめてやった。

翌日、兄の昼休憩に合わせ理髪店に行き、店の裏で昨夜の顚末を話した。あたしはさんざん男を罵り、自分の結婚を嘆いた。こんなこと事情を知っている兄にしか話せない。兄がいてくれてよかった。兄は弁当を食べながら私の話に耳を傾け、一緒に憤り、あたしを慰めてくれた。話したことで少し腹の虫が収まったあたしは家に帰った。

それから十日ほどいつもと変わらない日々が過ぎた。お金はもちろん出てこない。幸い、男には蓄えがあったから（男の唯一の長所は金を使わないことだった）干上がるようなことはなかったが、それでも給料一ヶ月分は考えるだに惜しかった。

その日、男の帰りが遅かった。残業は滅多にない。午後五時が定時でそこから歩いて十分、毎日五時半には家に着いていた。それが七時を回っても帰ってこない。八時を過ぎ九時近くなった。さすがに残業ではない。

家出か。真っ先に思いついたのはこれだった。思い当たる節はあり過ぎる。やっぱりあれは言い過ぎたか。

いらいらと落ち着かず腕を組み、狭い部屋をぐるぐる歩き回っていると電話が鳴り、「ひっ」と漫画みたいに飛び上がった。受話器を取る。

「田中正さんのお宅ですか？」

男の声だった。

「あ、はい、そうですが」

「南警察署のものですが、田中正さんが交通事故に遭われまして」

「えっ」

目の前の風景が飛んだ。受話器からはなにかしゃべる声が続いていたが一切入ってこない。交通事故、あの人が。不意にアスファルトの上でぐしゃぐしゃの断面を見せて割れているすいかの画《え》が浮かぶ。アスファルトを黒く濡らし、シミがじわじわ広がっていく。

「もしもし、大丈夫ですか。聞いてますか」

「あ、はい、はい」

「ですので、至急こちらの病院に来ていただきたいのですが」

「あ、はい、病院、病院ですね」

「松尾《まつお》市にある中央病院です。場所はわかりますか?」

「あ、はい、中央病院ですね」

電話機の傍らにあるチラシで作ったメモ用紙に、中央病院と書き付けようとしたが、自分の手じゃないみたいに震えて書けない。

中央病院、中央病院、電話を切ったあと、そう唱えながら保険証とお金をバッグに入れ、前掛けを外して家を出る。大通りまで来ると、幸い（こういうのを本当に、不幸中の幸いというのだろう）空車のタクシーがすぐにつかまった。夏の夜なのに、車内では寒気がしてずっと身体の芯が震えていた。

夜の道は空《す》いていて、すぐに病院に着いたが、男はすでに亡くなっていた。病院にいるのだから、命は助かったのだろうと思っていたが、即死だったらしい。

「ご遺体の損傷が激しいので、ご覧にならないほうがよいかと思われますが」

電話をくれた警察官だろうか、あたしの腹部に気の毒そうな視線を這わせながら言う。震える指で公衆電話のダイヤルを回し、兄に連絡するとすぐに駆けつけてくれた。ふたりで医師や警察から説明を受けたが、あたしは右から左でちっとも頭に入ってこない。ただ男が仕事帰り、松尾市岩浜《いわはま》町の農道を横切ろうとしていたところを猛スピードでやってきた車に撥《は》ねられたというのだけわかった。見通しのよいまっすぐな道だという。岩浜町には、知り合いもいないし、普段から行ったことのない土地だ。なんでそんなところを歩いていたんだろう。車を運転していたのは二十代の男だという。

「正も横断歩道のない道を渡ろうとしていたらしいけど、向こうも飲酒運転でかなりのスピードを出してたみたいだな。大丈夫だ、向こうが百パーセント悪い」

なにが大丈夫なのか今ひとつピンと来なかったが、とりあえず兄の言葉に頷く。

どれくらい時間が経ったのか、茫然自失《ぼうぜんじしつ》となっているあたしの代わりに、兄が病院や警察、葬儀社の人と話をして、いろいろな手続きをやってくれた。

病院の長椅子にぐったりとして座っているあたしは、兄の手を借りようやく立ち上がり、兄とふたりでタクシーに乗り家に帰ってきた。部屋の明かりをつける。午前一時を回っていた。部屋の中はなにも変わっていないのに、昨日とは大きく変わってしまった。畳にへたり込むとそのまま、布団も敷かずに寝てしまう。ただただ体が重く、頭がしびれるほど疲れていた。

翌日、兄からの電話で起こされる。通夜と葬儀の日取りを決めたという。兄は仕事を休んで奔走してくれていた。ありがたいと思った。

それからのことはよく覚えていない。断片的にしか記憶がないのだ。使い物にならないあたしの代わりに、通夜や葬儀、保険や事故を起こした相手との交渉など、面倒なことはすべて兄がやってくれた。男のことは交通事故として処理され、小さくだが地元のテレビニュースや新聞で報道されたようだった。

世間的には、あたしは夫を不慮の事故で失った身重の妻として同情を集めた。近所や職場の人からお悔やみの言葉と香典を頂き、葬儀にはあたしの親も来てくれた。

「いい人は早死にするって言うけど、いくらなんでもこれは早過ぎだ」と言って母さんはハンカチで目頭を押さえた。あたしは「はあ」とだけしか返せなかった。あの男みたいに。遠方に住む男の親は体調がすぐれず来られないというので、同居する長男が親族の香典をまとめて持ってきた。男の親は地元出身だったので、墓は近いところにあってよかった。これもまさに不幸中の幸いだった。

その後は寝たのか寝ないのか記憶にないような日々が続き、腹の子が心配だったが、そちらは大丈夫のようだった。ようやく落ち着いたのは二週間ほどした頃だったが、男が亡くなったので社宅を出なければならなかった。困っていると兄が自分の住まいから近いところに借家を見つけてきてくれた。あの川べりの家だ。兄の知り合いの持ち物で、格安で借りられたという。古いし、広くはないが母子ふたりなら十分な住まいと言えた。引越しはまた兄がほとんどやってくれた。

あたしは男に「市営バスに轢かれれば金になる」と言ったが、男を轢いたのは土地成金の放蕩《ほうとう》息子で、慰謝料だか見舞金だか知らないが、だいぶ包んでくれたらしい。この交渉も兄がやり「もう少しふんだくってやりゃあよかったな」と通帳を見ながらニヤニヤしていた。

兄はあたし名義の通帳を新しく作ってくれて、そこに生命保険金も振り込まれた。保険金の届けや手続き、男の残した預金の通帳書き換えも、面倒なことはすべて兄がやってくれた。あたしは言われるがままに、たくさんの書類に名前を書き、ハンコを押しただけだった。生命保険は男が結婚前に入っていたものだ。男は結婚と同時に受取人の名義を親からあたしに書き換えていた。知らなかった。抜け作だと思っていたら、こんなところは抜かりなくて、あたしは困惑した。

男が亡くなってだいぶ経ってから、男の遺品が警察から返ってきた。身動きの取れない私に代わって兄が受け取ってきてくれた。

「服は血がついていてボロボロだったからこっちで処分したよ。おまえもそんなものは見たくないだろう？　だからこれだけ持ってきたよ」

兄が差し出したのは男のカバンだった。働き始めてからずっと使っていたというそれは革だが随分くたびれて、あの人自身みたいにみすぼらしいものだった。

兄が帰ったあと、しげしげとそのカバンを見る。どこかに血がついているかと思ったが、そんなことはなかった。撥ねられた時、放り出したのだろうか。それとも警察か兄がきれいに拭き取ったのか。チャックを開けてみる。財布は持たせていないから当然入っていないが、社員証と勤務表があった。事故のあと警察はここから身元を特定したのだろう。ほかにはハンカチ、ティッシュ、空の弁当箱。最後に見慣れないものが出てきた。深緑色のメガネケースだった。中には男のメガネが入っていた。男は極度の近視でメガネがないとなにもできない。視力は0・0いくつだとか言っていた。目だけはいいあたしには未知の世界だ。男は朝起きたらすぐにメガネを探し、寝る時ようやく外して枕元に置く。そんな生活だったから、メガネケースにメガネを入れることなんか一度もなかった。なのに、なんで。

はっとした。あの日、男はメガネをしていなかった？

なぜ、なんのために？

見たくなかったから。なにを？　怖いものを。

以前、テレビで怪談特集をやっていた時「幽霊って本当にいるのかな。家の中で出たりしたら嫌だなあ」と言うと「俺はそういう時メガネを外す。そうすればなんにも見えないから。見えなきゃ怖くない」と、男にしては珍しくあたしと会話が成立した。嬉しくなって「目が悪いのも、そういう時はいいね」と言うと男も笑った。滅多にないことだったのでよく覚えている。

見えなきゃ怖くない。男はなにを恐れ、メガネを外したのか。

夕暮れの中、道の端に立つ男の姿が浮かぶ。

心臓がどっくんと殴られたように痛く鳴って汗が噴き出す。男が怖かったもの、見たくないと思ったのは車だったのではないか。向こうから走ってくる車だったのでは。

はっきり見えたら足がすくむ。ぼんやりとした視界なら恐怖心がいくらかは和らぐ。男は死ぬ覚悟をして、メガネを外しケースにしまった。このカバンも道の脇に置き、それから道路に飛び出たのではないか。

警察官から聞いた話を必死に思い出す。確か事故に遭ったのは午後八時頃で目撃者はいなかったと言っていた。畑の続く道で夜になると人通りもほとんどない。だが知る人ぞ知る抜け道で、飛ばす車も多いらしい。夜なら尚更。

冷や汗が全身を伝う。まさか、まさか、そんなことあるわけない。だったらこのメガネは？

男はなぜメガネをしていなかった？

自殺だったから。その答えはあたしの全身を鋭く貫いた。

自殺だったのだ。このメガネが証拠だ。それをあたしにわからせるために、男はこのメガネケースを私に残したのだ。

死ねよ。生きててもみんなに迷惑かけるだけだから。

あの日、男を罵った言葉が蘇る。

死んでこいよ。

「わかった」と男は言った。小さな声で。

バカ野郎。なんでそこだけ覚えてんだよ。なんでいつもみたいにすぐに忘れなかったんだよ。なんでこれだけ本当にやっちまうんだよ。今まであたしに言われたことで、できたためしなんかなかったのに。あたしの小言なんか右から左でケロッとしてたくせに。バカッたれ。

男が撥ねられたのは午後八時頃。職場を出て、馴染《なじ》みのない町までとぼとぼ歩いていって、人気《ひとけ》のない道に佇《たたず》んで窺っていたのだろうか、ちょうどいい車が来るのを。その瞬間をどんな気持ちで待っていたのか。どのくらいそこにいたのだろう。いざとなってみると相当逡巡したのではないか。一台、また一台と車を見送りながら、なにを考えていたのか。

すっかり日が暮れて、あたりはもう真っ暗だ。道の向こうにぼんやりした光が見える。メガネをかけていない目に光は丸く広がって近づいてくる。闇の中で男はあたしの声を聞く。

死ねよ。死んでこいよ。

今だ。男は光の前に飛び出す。

あああああ。あたしは獣のような叫び声を上げて頭をかきむしり泣いた。

震えながら泣いた。

それからしばらくしてあたしはあの子を産んだ。保険金などがあったので当分は働かなくても赤子とふたりやっていけるだけのお金はあった。兄が「おまえは子育てで大変だろうから」とお金の管理を買って出てくれたので、通帳とハンコ、カードを兄に預け、そこから毎月生活費をもらい、家賃を引いてもらうことにした。真千子が三歳になるくらいまでは、そうやって暮らしていた。

死んだ男のことはあたしの中で完全に封印していた。そうでもしなくちゃ生きていかれない。目の前の赤ん坊は待ったなしだ。それはあたしの免罪符になった。だから故意にそこから目を背け続けた。それでも日々は過ぎていく。

一時しのぎであっても、事実から目を逸らして生きていくことは実に有効で、そのほうがラクなのだ。

真千子を保育園に預けられる頃になると、兄の提案で働きに出た。

「このままなにもしないと、正が残したお金は減る一方だから、少しでも働いて家計の足しにしたほうがいいんじゃないか」と言われ、その通りだと思ったあたしは、兄の紹介で家政婦のようなことを始めた。頼まれれば、よそのお宅にうかがって家事をする。農繁期には農家の手伝いをして日銭を稼いだ。どこでどう見つけてきたのか、兄が訪問販売の仕事を持ってきたこともあった。個々の家庭を訪問し靴下や石鹸《せっけん》や珍味を売る。あの当時はそういうのが流行《はや》っていたのだ。

二十代から三十代の若い女が集められ、集団で東京行きの列車に乗り、簡易宿泊所に寝泊まりし、品物を売り歩く。訪問先で寡婦だと告げ小さい子供がいると言うと、みすぼらしい身なりとやつれた風情も相まってか、品物はよく売れた。立派な門構えの裕福そうな家を狙うのがコツだった。洋風の白壁の家を訪ねた時、奥からあたしと同じくらいの年格好の綺麗な奥さんが赤ん坊を抱いて出てきた。あたしは真千子のことを思い出し、胸が締めつけられ涙がこぼれ落ちた。あたしが東京に出てきている間は、真千子を兄のところに預けていた。真千子の食費や生活費、預かり賃は通帳から引いてもらうことにしていた。

奥さんに抱かれた赤ん坊は水色のレースの服を着ていた。「故郷に置いてきた子供を思い出した」と言って泣く私に奥さんは大いに同情したらしく、持っていた品物を全部買ってくれた。この手は使える、と思った。嘘はついていない、本当のことだから泣くのは容易《たやす》かった。

そんなふうだったので、あたしは売上がよく、一回の出稼ぎで結構稼いだ。おかげで貯金には手をつけずに済んだ。だがそれはストレスと引き換えだった。働けばそこに人間関係が生じる。いつだって諍《いさか》いはそこから始まるのだ。売上がいいあたしは同僚の嫉妬を買い、随分意地の悪いことをされた。靴を捨てられたり、洗濯物を地面に落とされたり、弁当を食われたりした。だが働いていればそんなのも給料のうちだと思っていた。嫌なことの堪《こら》え賃も入っている。それが働くってことだ。

そうやって日々の暮らしに追われながらも、なんとかやっていっているさなか、一通の封書が家に届いた。銀行からだった。開けてみると明細書が出てきた。記帳していない取り扱い件数が溜まったので、書面にてお知らせすると書かれていた。

えっ。明細を見て心臓が激しく跳ねた。残高が数千円しかない。

嘘、嘘、嘘。なんで、なんで、なんで。

心臓が胸を突き破るかと思えるほど激しく鼓動し、どくどくと耳の後ろを血の流れる音がする。

おかしい、おかしい。数字を目で追う。

キャッシュカードで下ろせる限度額いっぱいのお金が数十件記載されている。

どういうこと？　真千子を預けた時のお礼や家賃はともかく、働き出してからは生活費をここからもらっていない。この下ろした金はどうしたのか。

兄の理髪店に電話を入れ、預けたお金のことで話があるというと、仕事帰りにうちに寄るという返事だった。店は午後七時半までだ。保育園で遊び疲れた真千子にご飯を食べさせ風呂に入れ、早々に寝かす。兄は八時半頃家に来た。早速今日届いた封書を広げ、問い詰める。

「いや、その、これはちょっと借りただけだ」

「借りた、って。あたしに無断で？　全然聞いてないよ」

「すぐ返すつもりだったんだ」

「すぐ、って。最初に無断で引き出したのはもう一年以上前じゃない」

そこまで言ってはっとした。兄は半年ほど前に自宅と店舗を兼ねた家を建てていたのだ。

「もしかして家の資金に使ったの？」

兄の頭がわずかに上下した。

「なんで、これはあたしと真千子が生活していくためのお金だよ。そりゃあ兄ちゃんにはいろいろしてもらって、世話になりっぱなしだけど、それとこれとは別だよ。あのお金がなかったら、あたしと真千子はどうしたらいいの？　ねえ返してよ、今すぐ返してよ」

「だから返すつもりだったんだよ、すぐに。でも店のほうが。開店したはいいけど、なかなか客が来てくれなくて、最近は赤字続きで。前の店で担当だった客も来てくれるって言ってたのに全然で。もしかしたら前の店主がなにか仕掛けたのかもしんない」

「は？　そんなの知らないよ。それは兄ちゃんの読みが甘かったんじゃないの？　兄ちゃんの腕の問題なんじゃないの？　腕がよけりゃあお客はついてくるもんでしょ」

ガツンと頭に重い痛みが降ってきた。げんこつで殴られたのだ。兄に殴られるのは初めてだった。兄の顔が怒りで赤黒く膨れていた。久しぶりに暴力を受けた。あの人はあたしに拳を振るうことはなかった。ただの一度も。その人が残してくれたお金。

「ねえ、返してよ。お願いだから返してよ。兄ちゃんにはさんざん世話になったから、半分はあげるよ。だから半分は返してください。お願いします」

あたしは畳に額を擦り付け土下座して懇願した。

「ふん、当たり前だ。今まで俺がどれだけ世話してきたと思ってんだ。自分じゃなんもできないバカのくせに、なんで俺がお前にバカにされなきゃいけないんだよ。金なんか全部もらったっていいくらいだ」

兄がそんな荒い口をきくのを初めて聞いた。顔を上げると憎悪のこもった目であたしを見下ろしている。

「でもきょうだいでもお金を盗《と》ったら泥棒だよ」

「なんだ？　警察にでも行くってか？　いいのかよ？　俺が泥棒ならおまえは人殺しじゃないか」

「は？　そっちこそなに言ってんの？」

「俺がなんにも知らないとでも思ってるのかよ。正のことだよ」

「あ、あの人がどうしたのさ」

「亡くなるちょっと前に正がウチに来たんだよ」

「な、なんで」

男は生前兄が勤めていた理髪店に一ヶ月に一度は散髪に行っていた。散髪代はあとからあたしが兄に払っていた。顔から血の気が引くのが自分でわかる。

「ああ亡くなる少し前だよ。正が店に来たんで、俺が『いらっしゃい』って言って椅子に座るよう勧めると、『いや、今日は髪を切りに来たんじゃないんだ。もう髪を切っても仕方がないし』って言うんで『どういう意味だよ？』って訊いたら『もう死ぬから髪はいいんだ。でも義兄《にい》さんにはお世話になったから挨拶に来た』って真顔で言うんだよ。だから驚いて『なに言ってんだよ、悪い冗談はよせよ。なんでおまえさんが死ななきゃならないんだよ』って言ったら『タツヨに、死ねって言われたから』って言うじゃないか。俺は事のいきさつを知っていたけど、知らばっくれて『夫婦喧嘩《ふうふげんか》でもしたのかよ。でも夫婦喧嘩の時言った言葉を鵜呑《うの》みにしてたら、命がいくつあっても足りないぜ。売り言葉に買い言葉だよ。俺んとこだって喧嘩したら、そんなのはしょっちゅうだぜ。でもまあタツヨは昔から口が悪いからキツいことを言うことがあるかもしらんけん、そこは流してやってくれよ』ってなだめておいたけど、やつはぼんやりした青い顔で『はあ』って返すだけだった。それで帰っていったけど、おまえに言われたことがだいぶ堪《こた》えてるな、とは思ったよ。まさか本気だとは思わなかった。その時はな。でもおまえから正が車に轢かれたって聞いた時、ああ本気だったんだ、って真っ先に浮かんだよ。あの時の言葉は本当だったんだ、って。だからあれは事故じゃない、自殺なんだよ。おまえに『死ね』って言われたから、正はそうしたんだよ」

「だ、だったらなに？　今更警察や保険会社に行ってぶちまけようっての？」

「まさか、誰がそんななんの得にもならないようなことするかよ。ただな」

兄が衝立《ついたて》を見やる。衝立の向こうでは真千子が寝ている。

「真千子ちゃんがこのことを知ったらどう思うかな。自分の父親を自殺するように仕向けたのが母親だって知ったら。自分から父親を奪ったのは母親のおまえだって知ったら」

「あたしを脅してんの？」

「さあな。でもこのまま真千子ちゃんと穏やかに暮らしたければどうするのが一番いいか、いくらバカなおまえでもわかるだろ」

兄が立ち上がる。

「まあ正とおまえは親に疎まれて見捨てられたバカ同士、お似合いの似た者夫婦だったんじゃないか」

ははは、とわざとらしい乾いた声で笑い、捨て台詞《ぜりふ》のようにそう言うと出ていった。

どうして、どうしてこんなことになってしまったんだろう。

今まで封印していた夫の記憶が蘇る。そうだ、夫だ。まるでヤギや牛を掛け合わせるみたいに適当にあてがわれたような男だったが、あたしにとってはやはり夫だった。確かに夫だった。暮らした期間も短くて、甘ったるい感情もなかったけれど、いい思い出だってないわけじゃない。ふたりしてぶらぶらと買い物に行く途中で見上げた空は青く澄んでいた。秋の初めだったのか、道端でこぼれるように咲いていた萩《はぎ》は濃い紫色で綺麗だった。

ああ、あの人はあたしの夫であり、あの子の父親だった。夫は自分の子の顔も見ずに死んだ。そうさせたのはあたしだ。あたしは取り返しのつかないことをしてしまったのだ。爪が手のひらにくい込むほど強く拳を握る。

これから一体どうしたら。わからない、わからない。助けてください、助けてください神様。バカか。神様がおまえなんか救ってくれるはずがない。

震えながら、でもあたしは生きていくことを必死で考えた。どうやったって生きていかなくちゃならない。働かなくちゃ金がない。もう兄は頼れない。いや、あんなのとはもうこっちから縁切りだ。くそぉ。腹の虫は収まらないがどうにもならない。

次の日からもあたしは真千子を保育園に預け、家政婦もどきのことをして猛烈に働いた。「もう好子おばちゃんのとこには行かないよ」と言うと、真千子がほっとした顔をしたので、聞けば兄嫁の好子は、自分の子供にだけケーキを食べさせ、「真千子ちゃんのお母さんからもらったお金じゃあ真千子ちゃんの分は買えないの」と言ったそうだ。そんなことが度々あったという。夕飯のおかずも真千子だけいつも少なかったと初めて知った。馬鹿な。食費として十分な額は渡していたはずだ。夫婦揃ってとんでもないやつらだったのだ。兄の子供たちにも意地悪をされていたらしい。文句のひとつも言いたかったが、もう関わり合いになりたくない気持ちのほうが強く、以後兄一家とは絶縁した。

それからあたしは生きていくために、身を粉《こ》にして働いたが、あの日、兄と言い争った日から封印していた夫の記憶が解き放たれ、あたしは度々幻覚を見たり幻聴を聞いたりするまでになっていた。溜まりに溜まった疲労が精神を蝕《むしば》んでいたのかもしれない。疲れて眠っているはずなのに、誰かがあたしを見下ろしているのがわかる。目を開けると夫の顔がそこにあった。ひいいっ、と叫んで飛び起きたことも一度や二度ではない。

ある時は寝かしつけていた真千子がようやく眠りに落ちたので、あたしもうとうとし始めると、突然真千子がぱちっと目を開き「あたし知ってるよ」と言った。「なにを？」と聞き返すあたしに「おかあしゃんが、おとうしゃんに、死ねよ、死んでこいよって言った」と言ってまた目を閉じた。あたしは悲鳴を上げた。あんた、なんで知ってんの？　あの夜、あたしと兄ちゃんの話を聞いてたの？　それとも腹にいる時聞いたの？　ああ、わかった。今言わせたのはあの男だ。あんたが言わせたんだろ。そんなに憎いか、あたしが。まだ恨んでんのか。元はといえばおまえのせいじゃないか。ちくしょう、ちくしょう。

真千子の泣き声で我に返る。真千子を激しく叩いていたのだ。あたしは震える自分の両手を見つめた。

それからあたしは度々真千子を折檻するようになった。あの子がだんだんあの人に似てきたというのもあった。あたし似だと言われることも多いが、ちょっとした仕草や表情、ものの言い方、目の動きなど、あの人とそっくりな瞬間があり、それはあたしをひどく怯えさせた。でもそれはあの子のせいじゃない。わかっているのに、それを目にした瞬間、かあっと頭に血がのぼってしまう。

貧しい生活の中で疲労の蓄積は限界を超え、小さい頃からあたしに冷たく当たり、挙句畑一枚と交換した親や、あたしの信頼を裏切り、金を奪った兄のことで、精神がイカれてしまったといういいわけはいくらでもできる。でもいくらひどい目に遭ったって、暮らしが厳しくたって子供をちゃんと育てている人はたくさんいる。要はあたしが弱かったのだ。

真千子を誰より愛《いと》しく思う気持ちがあるのに、働いていて会えない時は今すぐにでも真千子の顔を見たいと思うのに、真千子がちょっとでも気に障ることをすると手が出てしまう。その手が止まらない。全身の血が逆流して荒ぶり、それが収まるまで折檻する手が止まらない。

ああ、これじゃああたしの親と同じじゃないか。あのひどい親と。嫌だ、嫌だ、と思いながら、その血に逆らうことができない。

今あたしがこんな不幸になっているのは、この子のせいだと思う時もあった。この子が生まれなければ、あたしはこんなに苦しむことはなかった。この子を身ごもってさえいなければ、夫が死んだあと、大金を手にしたあたしは自由の身になって、こんな田舎を飛び出して、都会でひとり気ままに生活していたかもしれないのに。おまえがあたしの足かせになったんだ。

「おまえはどうして生まれてきたんだよ。あたしを苦しませるためかっ」

そう怒鳴ったこともある。あの子はただただ「ごめんなさい、ごめんなさい」と言って真っ赤な口を開けて泣き続けた。

そんな自分が、この暮らしが、人生が、すべてなにもかもが嫌になって、あの子を人ごみに置き去りにしたこともある。もうどうにでもなれ、という気持ちだった。でもあの子は帰ってきた。たまたま通りかかった近所の人に連れられて。置き去りにされたのではなく、自分で迷子になったと言ったらしい。

夜中に放り出したこともある。それでもあの子は翌朝、近くの寺の人に付き添われて家に帰ってきた。墓場でひと晩過ごしたという。

あたし自ら家を出たこともある。バッグに荷物を詰め、靴を履くあたしの手を摑み、あの子は「行かないで、行かないで」と全身で泣いた。「痛いっ、放せっ、バカッ」あたしはその手を振りほどき、泣き声を背に走り出す。身軽になりたかった。なにもかも捨てて。このままどこか別の世界に行けたらいいのに。

だがそんなことはあるはずもなく、ひと晩素泊まりの安い宿で過ごし、翌朝帰ってみると泣き疲れたあの子はひとりで毛布にくるまっていた。頰が涙でベタついている。あたしが傍らにそっと横たわると、うっすら目を開け、「おかあしゃん」と言ってしがみついてきた。たまらなくなってあたしはその生あたたかいかたまりを抱きしめる。肌の匂いを深く吸い込む。こういうことがあるとさすがのあたしもしばらくはおとなしいが、そう長くは続かない。時にはあの子のくしゃみにさえ反射的に舌打ちし、手が出ていた。

そんなことを繰り返し、小学校低学年の頃までは一緒に暮らしていた。だがある日決定的な出来事が起きた。あの子が集金袋をなくしてしまったのだ。中には教材費が入っていた。数百円だったと思う。ランドセルから出そうと思ったらなかった、先生や友達も一緒になって探してくれたが見つからなかったという。朝、学校に行く時に確かに入れたのはあたしもあの子も見ている。どこで落としたのか。もしかしたら誰かに盗られたのかもしれない。けれどそれを聞いた途端あたしは目の前が赤くなり、怒りで全身が火柱になって、あの子を力任せに突き飛ばしていた。

「くそったれっ。あたしがどんな思いして稼いでんのかわかってんのか？　おまえがどっかに撒《ま》いてくるためじゃねえぞ。あたしがいくら一生懸命働いて稼いだってておまえがそうやってどこかにばら撒いてきたらなんにもならねえじゃないか」

「ごめんなさい」

うつむいて言う。頬を伝う涙が床に落ちる。ああ、あの人もあの時うつむいて「ごめんなさい」と言った。

「あんたなんなの？　なんで生まれてきたの？　あたしに嫌な思いをさせるため？　あたしを絶望させるため？　ああもう嫌だ、嫌だ、おまえなんかいらない、あたしの人生から出て行け」

薄い肩をどんと突く。瘦せたあの子は大きくよろける。

「ごめんなさい、ごめんなさい」

顔中涙だらけにしたあの子が言う。

「じゃあお金探してこいよ。歩いた道から学校戻って教室の隅から隅まで探してこい。見つけるまで帰ってくんな。もし見つからなかったら、働いてでも、盗んででも金作ってこい」

そう言ってあたしはあの子の腕を摑むと、家の外に放り出した。土間に脱いであった靴も放り投げ、鍵をかける。

「ごめんなさい、ごめんなさい、おかーしゃん、許してくだしゃーい」

あの子はひび割れた声で泣きながらしばらく戸を叩き続けていたが、やがて諦《あきら》めたのか静かになって気配が消えた。

あたしも少しすると落ち着きを取り戻し、そっと戸を開けてみると、やはりあの子の姿はなかった。通学路をたどってみたがどこにもいない。学校に行ったのかもしれない。電話をかけてみようか。でも先生になんて言えばいい？　そうだ、集金をなくしたことに責任を感じて自分で学校に探しに行くと言って出ていった、ってことにするか。あたしは冷蔵庫に貼られた紙に書かれた学校の電話番号のダイヤルを回す。だが呼び出し音がするだけで、いくら待っても誰も出ない。もう先生たちも帰っちゃったんだろうか。だとしたら校舎内にも入れない。だったらどこに行ったのか。腕組みをして部屋の中をぐるぐると歩き回る。いつかもこんなことがあった。ああ、あの人がいなくなった日だ。あの日もこんなふうにしてあたしは部屋の中をぐるぐるしていた。あの時と同じじゃないか、なにもかも。まさか。どうしよう、どうしよう。

どれくらい時間が経ったのか、ガラガラという引き戸の音にはっとして飛び上がる。

「まーちゃんっ」

見ると玄関先に制服姿の警官と真千子が立っていた。

「こちらは田中真千子ちゃんのお宅で間違いありませんね。私はこの地域を担当している巡査の浅井《あさい》です」

まだ若い男だった。篠原先生に似ていると思った。

「ああ、まーちゃん、まーちゃん、どうしたの？　お母さん心配したよ」

手を伸ばすと、真千子はその手を躱《かわ》し、警官の陰に隠れる。あたしの手は宙に浮いたまま、行き場を失う。

「大丈夫だよ、お母さんもう怒ってないって。ね」

そう言われても、あの子は警官の足にしがみついたままこっちに来ようとしない。

「あの、真千子はどこで」

「ええ、それなんですけどね、今日は十一日ですので宮の神社前に屋台が出る日でしてね、その中のひとつ、たこ焼きの店にこの真千子ちゃんが行きまして『働かせてください』って言ったそうなんです。店主もさすがに驚きましてね、なんせこんな小さい子ですから。『いやそれは無理だよ。できないよ。ごめんね』って断ったそうなんです。すると真千子ちゃんは思いつめた顔をして、つり銭の入った箱にさっと手を伸ばしてお金を掴んだそうなんです。すぐに店主に手首を掴まれてお金を放したそうですが、店主が『ダメだよ、こんなことしたら泥棒だよ』と言うと大粒の涙をこぼして泣き出したそうです。ここの店主がいい人でしてね、自分にも同じくらいの女の子がいるとかで。だから気の毒に思って『そんなにまでしてたこ焼きが食べたいんならあげるよ』と言うと、『そうじゃない、そうじゃない』と泣きながら繰り返したそうなんです。『じゃあもう今日はおうちに帰りなさい。お母さんが心配してるよ』と店主が言うとますます大泣きして『帰れない、帰れない、うちには帰れない』って。住所や名前を聞いても固く口を閉ざしたままで、これはなにか事情があるんじゃないかと思案していたところにたまたま巡回していた私が通りかかったという次第で、店主に真千子ちゃんのことを託されました。それで交番に連れ帰り、名前を聞くまではできましたが、うちには帰れない、帰れない、の一点張りで。まあおおかたなにかして母親に叱られたのだろうという察しはつきましたけどね。私だってこのくらいの時は毎日母親に怒られてましたからね。悪ガキだったんですよ。まあ私のことはいいんですが。『じゃあおまわりさんと一緒におうちに帰ろう。おまわりさんからもお母さんに許してくれるよう頼んであげるから』と説得してようやくここに来たわけです」

「そ、そうだったんですか」

声が震えた。真千子を追い込んでそんなことをさせたのは私だ。これじゃあまるで本当にあの人の時と同じじゃないか。

「ほら、真千子ちゃん、お母さん、もう怒ってないって」

巡査が自分の後ろに隠れた真千子を剝《は》がすようにして前に出す。真千子が怯えた目であたしを見て後ずさりする。あたしはまた同じ過ちを犯した自分に慄《おのの》く。

警官が帰ったあと、真千子は「ごめんなさい、ごめんなさい」と言ってまた泣いた。あの子はなにも悪くないのに。悪いのはあたしなのに。

これまでにもあたしは繰り返しこの子の身も心も傷つけてきた。夫だった人を死に向かわせたのもあたしだ。罪に罪を重ねたあたしは罪人だ。でもあたしは自分の怒りを制御できない。一旦火がつくと燃え尽くすまで収まらない。どうしようもない悪い血が体を駆け巡り、自分で自分が手に負えない。あたしはそういう人間だ。

その夜、布団の中で暗闇を見つめるあたしはふっと思った。

死のう。

この先、生きていたってどうせろくなことはない。絶望しかない人生を生きていくくらいなら、死んじまったほうがいい。そのほうがきっとこの子も幸せだ。そう思うと、もうそれしかないように思えてくる。

もういい、もういい。死ねばもう誰かを恨まなくていい。そうだ、そうしよう。ケリをつけるにはそれしかない。

まーちゃん、一緒に逝こうね。

あたしはあの子の細い首に手を伸ばした。生あたたかい体温。

子供の頃、近所に「絞《し》めの勝《か》っちゃん」と呼ばれるおじさんがいた。鶏でも山羊でも兎でも、苦しませることなく確実に絞める。農家でもそういうことが苦手な家は、このおじさんによく「仕事」を頼んだ。おじさんは小柄で痩せていて特に腕力があるようにも見えなかった。

なぁにコツを覚えさえすれば、そう難しいことじゃない。一番は躊躇しないことだ。少しでもためらえば相手も自分も苦しむ。一瞬でも迷ったらダメだ。なにも考えず、一気にやるんだよ。

そんな会話を庭先で父さんとしていた。

迷うな、考えるな。一気にやれっ。

頭の中で声がした。あたしは指先にぐっと力を込める。細い首、ごりりとした喉骨の感触。あの子の顔がみるみる赤くなり、膨れる。脂汗が滴り落ちて夏掛け布団にシミを作る。

ためらうな。一気にやれっ。

また声がする。さらに力を入れる。指が細い首にくい込む。苦しさから逃れようと小さな薄い爪があたしの腕を必死に引っ掻《か》く。

ゲホッ。

カエルが潰されたみたいな音にビクつき一瞬手が緩む。その隙を突くようにして小さい足があたしの腹を強く蹴り飛ばし手が離れる。はっと顔を上げると、あの子が真っ赤な顔をして鼻水と涙をダラダラ垂らして畳にげぇげぇ吐いていた。首元を押さえながら、涙で濡れた目であたしを見る。あたしの両手は痙攣《けいれん》したみたいにブルブル震えが止まらない。全身水を浴びたように汗でびっしょり濡れている。

「ごめん、ごめん、ごめん、違うの、まーちゃん、お母さんは」

白々しい自分の声を聞く。そんなあたしをあの子の光る目が射貫く。なにもかも見通している目。

「ごめん、ごめん、嘘なの、嘘だよ」

なにを言っているのか、自分でもわからない。ヨダレと涙と鼻水だらけの顔であの子はしばらくあたしを見つめていたが、やがてぐったり倒れるように横になり目を閉じた。慌てて口元に顔を寄せると、酸っぱい匂いのする寝息が鼻先をかすめる。

よかった、生きてる。

つい数分前の自分とは矛盾する本心で思う。濡れタオルでそっと顔を拭いてやる。規則正しい寝息を聞きながら、あたしは一睡もできずに朝を迎えた。安いカーテンの隙間から朝日が差し込む。あの子のあどけない寝顔を浮かび上がらせる。目尻に涙の痕が見て取れる。

ごめんね、ごめんね、ごめんなさい。あたしは声を殺して泣いた。

この子はあたしと一緒にいないほうがいい。いや、いちゃダメだ。

あたしがやわらかい頬に触れると、くすぐったそうに首をすくめて布団にもぐる。

ごめんね、ごめんね、ごめんね。

あたしを苛《さいな》むような眩《まばゆ》い朝の光の中で、真千子の寝顔に謝り続けた。

だがその日を境に真千子の口数が極端に減った。こちらが話しかければ短い返事はするが、向こうから話しかけてくることはなくなった。あれほど、おかあしゃん、おかあしゃんと言っていた子が。笑顔も消えた。リスのように背を丸めて、血が滲むほど自分の両手の爪を歯で嚙《か》みちぎったり、時折すべての感情がなくなったような顔で虚空をじっと見つめる。呼びかけると、ビクッと体を震わせ怯えた小動物のような目であたしを窺う。夜中にうなされ、汗びっしょりになっている。奇声をあげて飛び起きることもあった。「ど、どうしたの？　大丈夫？」驚いて顔を覗き込むと、恐怖で顔をひきつらせ頭をかきむしって耳を塞《ふさ》ぎ、わけのわからないことを叫び続ける。ああこの子をこんなふうにさせたのはあたしだ。あたしがこの子を壊した。

あたしはなんてことをしたんだろう。また取り返しがつかないことをしてしまった。死ぬならあたしひとりで死ねばいいのに、なぜこの子も一緒にと思ったのか。

そうだ、死ぬのは、死ぬべきはあたしだけだ。なんで今まで気がつかなかったのか。そうだ、もっと早くに気づいていれば、真千子にもつらい思いをさせずに済んだのに。この子には、あたしなんかいないほうがいい。ごめんね、まーちゃん、お母さんバカだから今頃わかったよ。


数週間後、あたしは真千子の手を引いて養護施設の前にいた。夏の終わりだ。花壇のコスモスがやさしい風情で揺れていた。時折、子供の声が聞こえる。

「まーちゃん、お母さん、仕事で遠くに行かなくちゃならなくて、もう好子おばさんのとこには行けないからしばらくここにいてね」

真千子が驚いて顔を上げたのがわかったが、あたしはその顔を直視できない。

「じきに迎えに来るから。少しの間だけだから」

声が震える。真千子の返事はない。つないだ手の指先が冷える。

今朝は真千子の好きな玉子焼きとウインナーを焼き、ジャガイモの味噌汁《みそしる》を作り、ご飯を炊いた。

「ふうふうして食べな」

味噌汁の椀《わん》を置きながら言う。こう言うのもこれが最後になるだろう。真千子はご飯を三杯もおかわりして食べた。

「まーちゃん、バスと電車に乗ってお母さんとお出かけしようか?」

食事を終えた真千子に言うと、真千子は、ぱあっと花が開いたような笑顔になった。あの日以来、初めて見る笑顔だった。あたしはこの日のために用意した新しい白の半袖ブラウスと赤いチェックのスカートに着替えさせた。真千子は嬉しそうに幾度もフィギュアスケート選手のようにターンをした。ほかの衣類はあらかた施設に送っていた。

家を出る時からずっと手をつないだまま、バスに乗り、電車に乗った。時折、真千子がはち切れんばかりの笑顔であたしを見る。あたしはその顔になにを言っていいかわからず、弱々しく視線を逸らした。

目的の駅で降りると夏の名残の太陽が照りつけていた。真千子も額に汗を浮かべている。あたしはそれをハンカチで拭いてやった。野菜畑に囲まれた田舎の駅だ。それでも駅前に自動販売機があった。

「まーちゃん、ジュース飲もうか」

「うんっ」

元気な声が返ってきた。こんな声を聞いたのは、あの夜以来初めてだった。真千子に小銭を渡すと迷わずオレンジジュースを選んだ。自動販売機でなんか買ってあげたことがなかったから、真千子は本当に嬉しそうで「お母さんも、おんなじのにして」とまた小銭を渡すと得意気に頬を光らせてボタンを押す。がたんと落ちてきた缶を取ると「はい」と小さな手で差し出す。「ありがとう」

そばにあったベンチに並んで座る。木陰で、吹いてくる風が気持ちいい。缶の蓋を開けてやる。これが真千子になにかをしてやる最後かもしれないと気づく。

「美味しいね、美味しいね」

真千子はあたしのほうを見て何度も言った。あたしはそれに笑い返すことができず、奥歯を噛み締めて、渡る風に翻るさつまいもの葉っぱをじっと見ていた。

施設はそこから歩いて十分ほどだった。クリーム色の建物の中に入ると、数日前に面談した小太りの中年女性が出てきた。園長先生だ。まず初めに児童相談所に行ったが、秘密厳守だという相談員に我が家の経済状態と、あたしが感情に任せて手をあげてしまうことを隠さず話すと（さすがにあの夜のことは言えなかったが）、入所手続きは思ったよりスムーズにいった。

「田中真千子ちゃんね、こんにちは」

腰を屈《かが》め、真千子の顔を覗き込んだ園長の丸メガネの目がやわらかく微笑む。奥から、がらがらっと勢いよく引き戸の開く音がして、一斉に子供たちが出てきた。

「だぁれぇーだぁれぇー、この子誰ぇ」「園長先生、この子誰ぇ」

真千子と同じくらいの年格好の子供たちが口々に言う。

「この子は、今日からみんなのお友達になる田中真千子ちゃんです。みなさん、仲良くしてくださいね」

「はあーい」

元気よく手を上げ、声を揃えて言う。

「真千子ちゃん、あっち行こうよ」「一緒に遊ぼうよ」「七並べ、できる?」

女の子や男の子がためらうことなく両脇から真千子の手を取る。靴を脱いだ真千子は子供たちに取り囲まれ、一瞬振り返ってひどく不安そうな目であたしを見たが、なにを言う間もなく押されるようにして奥に行ってしまった。真千子に泣かれて言い聞かせるとか、胸の潰れるような今生《こんじょう》の別れの場面を予想していたあたしは少し拍子抜けしたが、一方で「助かった」とも感じていた。

「大丈夫ですよ、すぐに慣れますから」

園長先生の言葉に、深く頭を下げ「よろしくお願いします」と言うのがやっとだった。

園を出たあたしはその足で故郷の村に向かった。死ぬのならあそこしかないと決めていた。いいことなんかひとつもなかったのに、いや、だからこそか、死ぬ場所はほかにないと思えた。何年ぶりだろうか。結婚してから一度も帰っていない故郷。懐かしいといえば、懐かしい。記憶の中とほとんど変わっていない。

足は自然と実家に向かっていた。家は長兄夫婦が継いで農家をやっている。家を訪ねるつもりはない。ただひと目、自分が生まれ育った家を見ておきたかった。それこそいい思い出なんかひとつもないのに、そんなふうに思う自分が不思議だった。

驚いたことに実家は建て替えられ、崩れかけた土壁もしっかりしたブロック塀になっていた。頑丈そうなサッシの窓枠が銀色に光っている。いつの間に。長兄にそれほどの才覚があったとは。

それとも誰かに売り渡すとかして、もう違う人の家なのか。塀に表札はない。敷地内に入ろうかとも思ったが、同時に今更そんなことを確かめてどうすると思った。ふと目を逸らすと古ぼけた納屋が目に入る。それだけは昔と同じだった。農機具や肥料、農薬なんかが置いてある。

農薬。不意にあることを思い出した。子供の頃、近所に住むおばさんが農薬を飲んで死んだ。今思うとまだ四十前だったろう、子供はおらず、姑《しゅうとめ》に随分きつくいびられていたらしい。それを苦にしたのだろう、というのが周りの大人たちの結論だった。

「口から泡吹いて、目ん玉ひん剝《む》いて、血が出るほど爪で喉や胸をかきむしって、鬼の形相《ぎょうそう》で死んでたらしいわ。いいか、農薬飲んで死ぬってのは、ものすごく苦しいんだ。もし死ぬんなら農薬だけはやめとけよ」

父さんが夕飯の時冗談めかして言い、あたしはとても恐ろしかった。おばさんが農薬を飲んで死んだことも、それを笑いながら言う父さんも。

そこであたしはようやく死ぬ手立てをなにも考えていなかったことに気づいた。死ぬことは決めていたが、どうやって死ぬかまでは考えていなかった自分の愚かさに今更ながら呆れる。ただなんとなくここまでくればどうにかなる気でいた。だが首をくくろうにも、あたしは紐《ひも》一本持ってきていなかったのだ。仕方なくトボトボと歩き出す。

農薬はナシとして、ほかにどんな方法があるか。なるべく苦しまずに死ぬには。飛び込むか、川かなんかに。土左衛門《どざえもん》もかなり苦しいだろうが農薬よりはマシな気がする。あたしは近くを流れる川を目指した。橋の上から流れを覗く。

ダメだ、こりゃ。瞬時に思う。そこは大きな石がゴロゴロしていてその脇を水が流れるといった小さな川で、ここから飛び降りても石に当たって大怪我をするだけで中途半端に助かりそうだった。子供の頃はもっと大きな川だったような記憶があるが、水かさが減ったのだろうか。でもこの川筋をたどっていけば、大きな流れに合流するだろう。しばらくすると県道に出た。野良道に比べれば交通量は多い。

ああ車。車に飛び込むか、あの人みたいに。それはいいヒラメキに思えた。これでおあいこになる。そんな気さえした。うまくすれば真千子にお金を残せるかもしれないし。そう思うともうそれしかないように思えてくる。

あたしは道の脇に立って、車が来るのを待った。一台の車がやって来るのが見えた。だがさほどスピードは出していない。ダメだ、もっと速いのでないと。次に来たのはタクシーだった。タクシーはやめておこう。事故を起こしたら業務停止になってしまうだろう。運ちゃんがあたしのせいで職を失ったら申し訳ない。ファミリーカーもよそう。小さい子供でも乗っていたら、一生消えない悪夢を植えつけてしまう。そう思うとなかなかおあつらえ向きの車はない。飲酒運転の道楽息子の車に飛び込めたあの人――夫は、その点は運がよかったのかもしれない。その時、一台の車が走って来るのが見えた。若い人が乗るスポーツカーだ。これだっ。あたしは飛び出そうとした。だが足が地面に張りついたように動かない。体が石になったみたいに微動だにしない。

なん、で。スポーツカーはあっという間に走り去っていった。息が荒く、動悸が激しい。心臓が痛い。あたしを支配していたのは圧倒的な恐怖だった。怖い怖い怖い。全身がガクガク震える。立っていられず、がくりと膝と両腕を地面につく。鼻先から汗が滴り落ちる。

あたしにはできない、できない。夫はどんなに怖かったろう。夫の怖さを思ってあたしは声をあげて泣いた。ごめんなさい、ごめんなさい。

こんなあたしはいよいよ死ぬしかないと強く思えてきた。でもどうやって？ 馬鹿で臆病《おくびょう》なあたしは一体どうすれば？

そうだ、野垂れ死には？

突然思い浮かぶ。野垂れ死にならそう痛くはないのではないか。しかし「死」とつくのだから確かに死ぬのだろう。行き倒れともいうから、道端などに倒れてそのまま死ぬのだろう。ただ歩いて歩いて、ひたすら歩いて力尽きて死ぬ。こんな言葉があるくらいなのだから、そうやって死ぬ人も実際いるのだ。

思い出した。小さい頃、ボロボロの布をミノムシみたいにまとったジイさんが、よぼよぼ杖《つえ》をつきながら歩いているのを見かけた。手足も顔も真っ黒で、人相もよくわからない。「お乞食《こんじき》さんだ」と一緒に遊んでいたショウコさんが言った。どこから来てどこに行くのか。たまに目にするそういう人は、常に歩いていた。いずれ行き着く先は野垂れ死に、行き倒れだったのだろう。

これならあたしにもできそうだ。にわかに元気づいたあたしは歩き出す。ひたすら歩く。死ぬまで歩く。

夏の名残の日差しがじりじり脳天を焼く。背中を炙《あぶ》る。日焼けするなあ。かまうもんか、もう死ぬんだから。この地で十五年育ったが、意外に知らない道があった。辻に差し掛かると行ったことのないほうを選ぶ。途中何人かの人とすれ違ったが、まさかあたしが死に向かって歩いているとは誰も思わないだろう。

どれくらい歩いたか、気がつけばまったく知らない地に出ていた。果物の栽培が盛んなようで低木の畑が続いている。赤い桃がなっている。晩夏が収穫期の種類なんだろう。突然強い空腹を感じた。喉もカラカラだ。思えば朝もろくに食べておらず、それっきりだ。腹はともかく、喉の渇きは耐え難い。これをなんとかしないと、歩き続けて行き倒れになることもできない。今思うと、おかしな理屈だがその時はまともな思考ができなくなっていたのだ。

赤く熟れた桃の実を前に、あたしは喉を鳴らした。だが木になっている桃に手を伸ばすことはできなかった。これは売りものだ。最後の最後でこれ以上罪を犯したくない。それに曲がりなりにも農家の娘だったあたしは農家の苦労を知っている。

ふうっとため息をついて視線を落とすと、地面に落ちている実があった。熟し過ぎて落ちたのか、出荷できないキズモノとして放られたのか。

これならいいか。

拾い上げると、腐りかけの果実のむぅんとする熟れた匂いがした。ただれた果肉に虫が吸いついている。コクワガタのメスだ。つまんで草むらに投げ、実を畑の用水路で洗いかぶりつく。ぬるい果汁が喉を潤す。うまい、まったくもってうまかった。あっという間に平らげる。草むらを探すと、そんな実が二個見つかったので、それも洗って食べる。最後に食べたのは、発酵臭がきつかったが、空腹のほうが勝っていた。種を吹き出し、ベタベタになった手と顔をまた用水路ですすいで再び歩き出す。空腹も収まった。腹が減っては戦ができぬというが、腹が減っていたら自殺する気力も出てこないんじゃないか。飢え死に狙いならそれでいいが、あたしには合っていない。

桃で腹が塞がったせいか、足取りが少し軽くなった。この調子で歩いて歩いて、気を失うほど歩いて、行き倒れになってそのまま天に召される、いや地獄に落ちるのだ。

どれくらい経ったか、いい感じに意識が朦朧《もうろう》としてくる。もう少しかもしれない。と思った時、鋭い痛みがみぞおちを襲った。背中を丸めてうずくまる。それは胃をキリの先で刺されるような痛みで、身をよじって転げ回るほどだった。昔から胃腸が丈夫なのが唯一の取り柄だったあたしが初めて経験する胃の痛みだった。全身から脂汗が噴き出る。引いては寄せる波のように、緩急をつけた痛みが絶え間なく襲って来る。痛い、痛い、痛い。

さっきの桃か。これまでにも腐りかけのモノは食べたことはあるが、さすがにあれはまずかったか。いや、桃、そこまでひどくはなかった。完全に腐りきっていたら、さすがのあたしも食べられない。じゃあこの痛みはなんだ。はっとした。あれは誰に聞いたのだったか、工場の寮にいた頃、同じ部屋の子たちと怖い話をして盛り上がったことがあった。確かそのうちのひとりの子が話してくれたのだ。

――私の親戚の叔父さんの知り合いの男の人が、外国旅行のお土産に果物をもらったんだって。なんて果物だったか忘れたけど、とにかく南国のいい香りのする果物だったって。甘くて美味しかったから、男の人はぺろりと食べちゃったんだけど、数日後にものすごくお腹《なか》が痛くなって、もう我慢できないほどだったけど、夜だったから家にあった薬飲んで寝てたんだって。でも全然収まらなくて、部屋中転げ回るような痛みだったんだって。それで腹を見たら腹の皮がもぞもぞ動いてて「え、なに？」って思ったら、腹を突き破って中から鋭い歯を持った見たこともない黒い虫が出てきたんだって。どうも果物の中に虫の卵が産みつけられてたみたいで、それがお腹の中で孵化《ふか》して、ハラワタと腹の皮を食いちぎって出てきたらしいよ――。

そのあと、男の人はどうなったのだか思い出せない。でも実話だと言っていた。まさかあたしも。いや、桃を食ったのは少し前だ。卵が孵《かえ》るには早すぎる。

コクワガタ、そうだ、コクワガタのメス。あれが実のどれかの中に潜んでいたんじゃないか。いやしいあたしは、それに気づかず夢中で一緒に食べてしまった。コクワガタはメスでもアゴが鋭い。子供の頃、一度指を挟まれたことがあるが血が出るほどだった。あれが胃壁に噛みついているとしたら、痛いに決まっている。

まずい、まずいぞ。胃と腹を食い破られて死ぬのはおそらくものすごく痛くて苦しい。血も出るだろう。それはいやだ。同じ死ぬのでも、それはいやだ。

あたしは口を大きく開け、手を突っ込んだ。喉の奥まで。するとそれに誘われるかのように強烈な吐き気が襲ってきて、胃が意志を持ったように上下に痙攣し出す。あたしは痛みと苦しさで涙とヨダレを流しながら、胃が空っぽになるまで畑の隅に吐いた。

「し、死ぬかと思った」

手の甲で口を拭いながら思わず漏らした言葉に、自分でおかしくなる。

ははははは。草むらに仰向けで転がり、声を出して笑ってしまった。

バカは死ななきゃ治らないというが、本当のバカには死ぬことも容易ではないらしい。吐いたものを見ると、どろどろになった桃の果肉が橙色《だいだいいろ》の液体にまみれている。あれはオレンジジュースだろう。せっかくあの子と飲んだのに。コクワガタはいなかった。単に桃が傷んでいただけのようだ。この陽気だ、当たり前か。

そこでまたはっとする。そうだ、家を出てくる時、炊いた飯と味噌汁をそのままにしてきてしまった。一日ぐらいは大丈夫かもしれないが、この暑さなら明日には饐《す》えるだろう。家主に迷惑をかけてはいけない。兄の知り合いから特別に安く借りた家だが、兄の使い込みが発覚して以来、家賃はあたしが直接家主のところへ持って行っていた。ひとり暮らしをしている気のいい婆《ばあ》さんだ。兄とのいきさつはまったく知らないようだった。

あたしが家賃を届けに行くと、婆さんは必ず「これ少しだけどお子さんに」と言って上質なチリ紙に動物の形をしたビスケットや薄いセロハンに包まれたカラフルなゼリーなんかを包んでくれた。あの人を困らせたら悪い。朝、勢いのままここまで来てしまったが、死ぬにも準備がいるということに今頃気づく。強烈な臭気を放つ吐瀉物《としゃぶつ》に丁寧に土をかけ、立ち上がるともう夕暮れが始まっていた。

今日じゃない、そうだ、死ぬとしてもそれは今日じゃあない。夕日を見ながら思う。そもそも真千子を施設に連れて行き預けることと、死ぬことを同じ日にやろうとしたのが間違いだった。こんなおおごと、あたしみたいな人間がいっぺんにできるもんじゃない。

それから大通りに出て、人に尋ねてバス停を探し、最寄り駅まで乗ってそこから電車で帰ってきた。ようやくたどり着いた家は、朝出た時のまんまだった。大きく違っていたのは真千子がいないことだけ。いつかもこんな夜があった気がしたが、脳も体も溶けそうなほど疲労しきっていてなにも考えることができない。これで完全にバカになった気がした。どろどろの体のまま布団に倒れこむ。布団はかすかにあの子の匂いがした。

瞼《まぶた》の裏に光を感じて目を開ける。昨夜カーテンも引かずに寝てしまったので、顔に朝日がまともに当たっていた。窓を見ると、切り紙が目に入る。あの子が作った。涙が噴き出す。今頃どうしているだろう。お友だちとうまくやっているだろうか。でもきっとこんなバカでどうしようもないクズ母親と暮らすよりずっとマシなはずだ。

とりあえずここを引き払おう。死ぬのはそれからだ。むっくりと体を起こす。

ここを離れることは以前から考えていた。兄と物理的にも遠く離れて完全に絶縁したかったのだ。兄があのことを真千子に話すという脅しに屈したわけじゃない。だけどなにをするかわからないやつだから、用心に越したことはない。真千子がいる施設は保護者以外は面会禁止で秘密厳守だから大丈夫だろう。こうしてあたしは数日後、川べりのあの家をあとにした。

向かったのは東京だった。東京は以前、行商で何度か行ったことがあったから、少しは土地勘もあった。その仕事の元締めみたいなことをしていた女性を頼った。彼女は売上のよかったあたしを覚えていてくれて、すぐに住むところと仕事を世話してくれた。

それからは目の前のことをこなしていくので精一杯だった。でも死ぬことを忘れたわけじゃない。ただその都度いろいろいいわけをして先延ばしにした。そのいいわけにすがった。仕事を始めたばかりだから、すぐに死んだら世話してくれた人に迷惑がかかる。新しい靴を買ったばかりだから、せめてこれを履きつぶしてから。冷蔵庫を月賦で買ったから、それを払い終えるまで。米を十キロ買ったから、無駄にしたらもったいない、それを食べ尽くしたら。そして自ら課した取り決めが果たせそうになると、また次から次へといいわけを探し、無理してでも作って、浅ましく生き延びてしまった。

あたしは最初から死ぬ気などなかったのかもしれない。あの夏の日も、自殺の真似事をしてみせただけに過ぎなかった気がする。

結局あたしは真千子を捨てたかったんじゃないか。実際その通りになった。

ひどい、ひどい母親だ。あたしの母さんよりひどい。少なくとも母さんはあたしを十五までは育ててくれたし、ぶつことはあってても、あたしを手にかけるまではしなかった。鬼よりひどい。鬼だって自分の子は大事にするだろう。

あたしは最低だ。虫以下だ。

だったらすぐにあの子を迎えに行けばいいものを、今度はもう少し暮らしが安定したらとか、あたしが精神的にも落ち着いて自分に自信が持てるようになったらとか、お得意のいいわけを並べて逃げた。肝心なことから目を背けて、頬被《ほうかむ》りして逃げたのだ。

真千子と向き合うことで恐ろしい自分が炙り出される気がして怖かった。あたしは弱い。弱くてずるい。てめぇ勝手の都合で、てめぇ勝手に生きた。いろんな人に迷惑をかけて嫌な思いをさせて、産んだ子を犠牲にして。

いくら反省してもやってしまった事実は消えない。そのことを思うと死にたくなる。なのにそれと同じくらいに、いやそれ以上に生きたい気持ちがあたしの中にあって、無様に生にしがみつき、老いさらばえ、ここまで来てしまった。もういいわけはしない。

ごめんなさい、ごめんなさい。それでもあたしは赦しを乞《こ》う。あの日のあの子のように。死ぬ前のあの人のように。赦されないことは自分が誰より知っている。だが愚かな罪人は赦しを乞い続けるしかない。

5月1日

歳を取ると涙もろくなるというが、あたしもどうしようもなく泣きたくなることがある。なにを見ても悲しい。なんの涙かわからないが、あとからあとから涙が溢れて止まらない。

お母さーん、お母さーん。

心の中でそう叫びながら涙を流す。そんな、泣きつきたくなるようなやさしい母親じゃなかったのに。こんなばあさんがおかしいけれど、誰かに無性に甘えたくなる時があるのだ。それはやっぱり「お母さん」だ。あたしが思う「お母さん」は、とってもとってもあったかいものだ。あたしもあたしの母さんも、そんなものにはなれなかったけれど。

兄とのことも、今は恩讐《おんしゅう》よりも、ただただ虚《むな》しい。虚しいといえば、あたしの人生全部がそうなんだけど。

もし来世なんてものがあるのなら、もう少しマシな生き方をしたい。自分のことをちゃんと大事にして生きたい。あたしのような育ち方をした人間にはそれができなかった。それがすべての不幸の始まりだった。

よそう。過去を振り返れば親への恨み節になる。

それにあたしのような人間は、生まれ変わってもまた同じ間違いをしそうな気がする。それがあたしだから。

5月6日

生前悪いことをした亡者を乗せて地獄に運ぶのは、火車《かしゃ》というんだって。火が燃え盛っている車。それは乗合バスみたいに、何人も乗せているんだろうか。もしほかに亡者を乗せていたとしても、その中であたしはひとりだけ晴れ晴れとした顔をしているだろう。

これでいい、これでいい。地獄に行くことでしか償えない罪がある。

地獄があってよかった。こんなふうに考えるのは、罪人の中でもあたしぐらいのもんだろう。

それだけあたしは悪い人間だった。

昨夜、ふと目が覚めた。歳を取ってから眠りが浅くなり、夜中に目を覚ますことはよくあった。一旦目が覚めると、なかなか寝つけない。そんな時は枕元のラジオをつける。静かな音楽を聴いているうちに、うまくすればまた眠りに落ちられる。

だがその時は違った。

「女、その罪は母であること」

いきなり耳に突き刺さった。ラジオの電源を入れた途端、その言葉が飛び込んできた。

全身が凍りつく。眠気が吹き飛び、ガバッと起き上がった。心臓が早鐘を打つ。

誰？　誰？　誰が言ったの？　誰かいるの？

暗闇の中、あたしは我を忘れて左右を見回す。脂汗が脇を伝う。ぎょろぎょろと目を凝らす。

神様？　先生？　それとも、まーちゃん？

そんなわけない。そんなはずがない。よくよく聞けば、古い映画の紹介だった。その中のセリフらしい。だがそれはまっすぐに心臓を撃ち貫いた。確かに誰かが私に言ったのだ。

女、その罪は母であること。

ああああ。あたしは頭を掻きむしって、布団に顔をうずめた。

苦しい、苦しい、このまま息ができなくなって、死んでしまえたらいいのに。

ごめんなさい、ごめんなさい、ごめんなさい。

届かない言葉でも、それしか言えない。

バカめ。おまえがそれを言うのか。あの子は、あの時、真っ赤なお口を開けて、同じことを言った。同じように許しを乞うた。

ごめんなさい、ごめんなさい、ごめんなさい、おかーしゃん。

おまえはそれでも叩く手を止めなかった。丸まった小さな背中を叩き続けた。そんなおまえが今更何を言う？

さらにおまえはもっと恐ろしい、おぞましいことをしようとした。あの時の首の細さ、ごりりとした喉骨の感触。

あたしはぶるぶる震える両手を見る。

おまえはこの手でなにをした？

「絞めの勝っちゃん」が往来を通るとすぐにわかった。村中の犬が吠《ほ》えるから。鼻にシワを寄せ、歯をむき出して。

石鹼でどんなに手を洗おうと、何回風呂に入ろうと、「それ」は消えないのだ。

ああ胸が潰れそうだ。

苦しめ、苦しめ、あの子はおまえの何千倍も苦しんだ。傷ついた。こんなもんじゃない。とても足りない。さらに遡ればおまえはあの子から父親を奪った。おまえが殺した。もし父親が生きていたら、あの子の人生だって違っていたはずだ。いくら悔いてもおまえの罪は現世では償いきれない。あとは地獄で清算しろ。

あたしは仰向けになって闇の中で天井を見つめる。

思えば、間違いばかりしてきた。バカばっかりしてきた。取り返しのつかないことだらけで気がつくのはいつもあと。どうしようもない人間の、いや虫けら以下のやつの、どうしようもない一生。ただこんなしょうもない一生でも、まーちゃんがいたことはよかった。いたことだけがよかった。神様が間違ってあたしなんかを母親にしてしまったけれど。

あたしがこんなこと言ったら、あの子はきっと怒るだろう。どの口が言うんだと呆れるだろう。でもこれは本当、これだけは真実。誰も信じてくれなくても、これだけは。

あたしの母さんも死ぬ間際には、そんなふうに思ってくれたんじゃないか。

母さんは、あたしのことなんて忘れてるんじゃないかと思ってたけど、自分が産んだ子を忘れる母親はいない。子のことを思わない母親はいない。今はそれがわかる。

さあ、いつでもいいよ。いつでもお迎えに来い、火車。覚悟はすっかりできている。

穢《きたな》いことも、悪いことも、あたしが全部地獄に持っていく。だからおまえは、なにも心配しなくていい。花ちゃんとどうか、どうか健やかに。

あたしはなんだかんだ言っても、やっぱり会いたかったのだ。真千子と、それから花ちゃんに。三人で過ごせたあの数日は本当に楽しかった。

ありがとう。

あたしがこんなことを言い出したら、いよいよだな。

生まれてからこれまでいろいろあったけど、なんにもなかったような気もする。バカな。そんなわけない。でも今となってはすべてが夢のようだ。本当に夢だったらいいのに。

最後にもう一度だけ会いたかったかな。はは、本当にバカだな、そんなこと言ってたらキリがない。まったく往生際が悪いやつだよ。

ああ、あとは死ぬだけ。

✳

日記はそこで終わっていた。時計を見ると深夜二時を回っている。隣の部屋で寝ている母に聞こえてはいけないと、声を殺して泣きながら読んでいたが、途中からあまりにも強い衝撃と混乱で涙も止まり、心がえぐられ、読み終えたあとぐったりしてしまった。胸が殴られたように痛い。受け止めきれない。どうしていいかわからない。

おばあちゃん、おばあちゃん、私のおばあちゃん。

夏の初めアパートの前で初めて会った。おばあちゃんの声、仕草、言葉、ご飯を食べる時の顔、巾着袋の色、背中を丸めて寝ている姿。すべてが反転する。なんで私はまったく気がつかなかったんだろう。別れ際「ひとりで寂しくないの？」と訊く私に天を指差し「太陽は、いつもひとりぼっちだ」と言っていたおばあちゃん。「あたしは長生きするよ。憎まれババア、世にはばかる、だ」と笑っていたおばあちゃん。嘘つき。こんなに寂しい思いをして、こんなに早く逝っちゃったじゃないの。

ノートの後ろからひらりと封筒が舞い落ちた。少し黄ばんだ白い封筒。中から小さくたたんだ水色の折り紙と写真が出てきた。切り込みの入った折り紙を広げてみる。花を連ねたような形をしている。これは川べりの家の窓ガラスに貼られていたものだろうか。それともおばあちゃんが自分で作ったのか。遠い日々を思いながら。写真はカラーだがだいぶ色あせている。白い花の茂みの前で、三歳ぐらいの女の子が手にした白い花――マーガレットをこちらに差し出すように向けている。これは間違いなく私の母だ。その子が花を渡そうとしているのは、多分カメラを向けている母親。

「おかあしゃんに」

その声を聞いた気がした。

おばあちゃんはどんな思いでこの切り紙と写真を持っていたのだろう。

窓辺に行きカーテンを引く。東京ではほとんど星が見えない。それでも微《かす》かなまたたきがぽつりぽつりとある。

「亡くなった人はお星様になるって本当？」

ずっと前、母に訊いたことがある。

「死んだ人がみんな星になってたら、夜空が全部星で埋め尽くされて、一面スワロフスキーみたいになっちゃって、眩しすぎて寝られんわ」

「宇宙は無限に広いから大丈夫だよ」

そんな会話をした。人は死んだらお星様になるっていうのは、死んだら遥《はる》か彼方、何万光年も離れたくらい遠い遠い所に行ってしまって、もう二度と会えない、触れ合えないって意味だったのか。

苦しみを抱えたまま、知らないうちにひとりでそんな遠くへ行ってしまったおばあちゃん。私は南の方角にひとつだけ光る星を見上げる。

おばあちゃんの「あがり」は地獄だと書いていたけれど、そんなことにはなりませんように。

どうかそれは勘弁してください。星にならなくてもいい、天国じゃなくてもいい、ただ地獄にだけは行かせないでください。おばあちゃんの魂が行きたかった、帰りたかったところに行かせてください。それは川べりの小さい家です。窓ガラスに折り紙の切り飾りが貼ってある、白い花が咲いているあの家です。どうかそこに行けますように。

人が生まれて、生きて、死んでいくことは重い。今はそれしかわからない。

目を閉じると、おばあちゃんの鉛筆の文字が次々と浮かんでは消える。

眠りが訪れるまで、私は指を組んで星に願った。

川のせせらぎを聞いた気がした。


翌日は土曜日で助かった。目が覚めた時は昼近かった。

「もう夏休み気分かい」

母が昼食の準備をしながら言う。私が昨日読んでいたおばあちゃんのノートはどこかにしまったのか、見当たらなかった。確か枕元に置いたまま寝てしまったんだ。

母はあれを読んだのだろうか。

「私立行ってもいいよ」

昼食の焼きそばを食べながら母が言う。

「昨日吉澤さんが持ってきた通帳と保険の証書、貯金も思ったよりあったし、死亡保険金ってのもあるから、もし花が私立の高校行きたければ行っても大丈夫だよ」

でもあれは、と言いかけてやめる。あれはおばあちゃんが、私が大学に行く時のためにって残してくれたお金だったはず。母はまだあのノートを読んでいないのだとわかった。

もし母があのノートを読んだら。

小学校の時、担任だった木戸《きど》先生の言葉を思い出す。

「すべてを知ることがいいことだとは限りません。その必要もないんです。そして知ってしまったあとでは、知る前にはもう戻れないんですよ」

母はあのノートを読まないほうがいいのかもしれない。でも読まなかったら、おばあちゃんやおじいちゃんが救われない気がする。だけど読んだとしたら、いくら強い母でもどうなるかわからない。私以上に打ちのめされるのは確実だ。そしたら私はどうしたらいい？　母を支えることができるのか。

「だからね、もし私立に行ったとしても、そのお金があるから三年間ぐらいは大丈夫そうなんだよ。ねえ、聞いてる？」

「あ、うん。ごめん」

でもそのお金は――。言いかけてやめる。

おばあちゃんは、ハサミムシが自分のやわらかい腹を子に食わせてまで子育てをすると知り、自分はそれ以下だと書いていたけれど、おばあちゃんが残してくれたあのお金は、おばあちゃんの腸《はらわた》だ。倹《つま》しい生活をし、残してくれたお金。

ゴルゴが受け取るのは殺しの報酬、お金持ちが利子だけで食べていけるのは莫大《ばくだい》な資産、私が草むしりをして得たのはクリーニング代という名の真理恵ママの真心、香川君が郵便受けに入れた三千円は償い、おばあちゃんが残してくれたお金は、温かい血の滴る腸だ。私のおじいちゃんが命と引き換えにおばあちゃんに残したお金もきっとそう、腸の金だ。私のおじいちゃん、お母さんが生まれる前に死んじゃった人。胸が詰まって息苦しくなる。

「ん？　どした？　今日はなんだか珍しく上の空だな。まだ眠いの？」

「あ、ううん、ああ高校ね、高校は都立に行くよ。でもその前にスイパラには行きたいな、お母さんと」

「スイパラ？　なにそれ」

「スイーツパラダイス。スイーツの食べ放題だよ。ケーキはもちろん、お母さんの好きなあんこも好きなだけ食べられるよ」

「それ本物のパラダイスじゃん。どこにあんのよ？」

「池袋《いけぶくろ》」

「意外に近くにあるんだなあ、パラダイスって」

母がケタケタ笑う。

想像できることは実現するというなら、私たちは近いうちにスイパラに行くだろう。お皿にあんことケーキを山盛りにした母が目に浮かぶ。

それから私はいつか川べりの家に行くだろう。今はもうないというけれど、白いマーガレットの茂みのそばで佇み、子供の頃の母とおばあちゃんがいつも眺めていた川の流れを見る。その自分の姿がありありと想像できた。

そしてマーガレットの花を摘んで川に投げる。鎮魂の花を水に流す。私はきっとそうするだろう。


昼食を食べて外に出ると、賢人がアパートの階段に腰掛けてぼーっとしていた。

「あれ？　今日バイトは？　もうクビになったの？」

「違うわ。今日は店が臨時休業なの。親戚の結婚式があるとかで、オヤジさんの家族全員で福岡《ふくおか》に行ったんだよ」

「ふうん、福岡か、いいね」

言いながら賢人の横に座る。建物の日陰になっているから、少し涼しい。賢人が半袖シャツの腕をぽりぽり掻く。もう梅雨は明けたんだっけ？　空が眩しい。

「夏だな」

「うん」

こんな時には、賢人でも隣にいてくれる人がいてよかったと思う。

「あのさ、あとから考えると、ああ、あれが最後になっちゃったんだなあ、って思うことはある?」

自然と口にしていた。

賢人は一瞬私のほうを見たが、すぐに前に向き直って、

「あるよ。いくつもあるよ。年齢を重ねると、そういうのは増えるよ」

と、静かな声で言った。

賢人もなにかを思い出しているようだった。

「そういうのは確かにあるよ。誰にでも」

言いながら、賢人が目を細めて空を仰いだ。

「私のおばあちゃん、死んだんだって」

「えっ」

賢人が、首が一回転するんじゃないかって勢いでこっちを見る。

「おばあちゃんって、前にここに来たことがある、あのおばあさん?」

「そう。死んだっていうか、死んでたの。もう一ヶ月半ぐらい前に」

「えっ、なんで」

賢人に、かいつまんでいきさつを話す。そうだ、賢人はおばあちゃんとの約束を守って、私より先におばあちゃんと顔を合わせていたことを黙っていたんだっけ。そこには触れないでおこう。せっかくの気遣いが無駄になる。

「あれが最後になっちゃったの。こんなことになるんなら、もっと必死に追いかければよかった。そのあとだって、捜し出してこっちから会いに行けばよかったのに。なんでそうしなかったんだろう。あれが最後になるってわかっていたら、私はもっと」

喉がつかえて言葉が出てこない。

「それは仕方がないよ。その時はわからなかったんだから。花ちゃんのせいじゃないよ。誰のせいでもない。どうしようもないことなんだよ。

ああ、そうだ、思い出したよ。あの時、俺が言ったんだよな、おばあさん、自分が欲しいと言ってわざわざ取りに行かせた写真をもらわずにそのまま行っちゃったのは、故意《こい》かもしれない、受け取ったらそこで終わっちゃうから、またいつか来る時のために余地を残しておきたかったんじゃないかとか言ったんだよな」

やっぱりおばあちゃんと事前に面識があったことはスルーして賢人が言う。いい加減そうに見えるけど、そういうとこは義理堅いんだな。

「そう、私もその時はそう思ってた。また会えるって。次に会った時渡そうって、そう思ってた。なのに」

膝の上で握った拳に力が入る。

「人って死ぬんだね。当たり前だけど、今まで実感としてなかった」

「そうだよ、人は死ぬんだよ」

「人が死ぬと悲しいね、寂しいね」

「そうだよ、誰かが死んだら、とっても悲しくて寂しいんだよ」

胸がきりりと痛んで、指先まで悲しみがいっぱいになり、涙が溢れ出す。

自分が死んでも誰も悲しまない、悲しまなくていい、っておばあちゃんはノートに書いてたけど、そんなわけないよ。だって私はこんなに悲しいもの。悲しくて涙が止まらないよ。おばあちゃんだっておじいちゃんが亡くなった時はこんなふうに悲しかったでしょう?

賢人の手が背中に置かれる。幼い子をあやすように軽くとんとんと叩く。

なんで悲しいと泣くんだろう。でも泣かないと、悲しみでぱんぱんになって、もっとつらいかもしれない。泣いたらますます暑くなった。汗を噴き出しながら泣いた。

夏が来る。これからもっと暑くなるんだ。

おばあちゃんのいるところは、きっと暑くも寒くもないね。身体ももう痛くないし、息も苦しくないよね。もう苦しまないでいいんだよ。

ひとしきり泣くと、少し落ち着く。横を見ると賢人が自分の顎を人差し指と親指で挟み、眉間にシワを寄せている。

「どうしたの?」

「いや、ちょっと。そのおばあさんのノートって、俺、読むことできるかな? 無理だったらいいんだけど」

「えっ、なんで？」

「ちょっと気になることがあって」

「大丈夫だと思うけど」

「じゃあお願いできるかな」

賢人のこんな真剣な顔を初めて見た。それに突き動かされるように「うん」と頷いていた。昨夜、ノートを読みたいという私に躊躇することなく許可してくれた母だから、また読みたいと言っても大丈夫だろうという見込みはあった。部屋に戻ると母は畳の上に大の字になって昼寝をしていた。思わずラッキーと思ってしまう。よく寝ているので起こすのは忍びない、というていわけを自分にする。

ごめんねお母さん、あのノート、ちょっとだけまた貸してね。心の中でそう詫び、部屋を見渡す。やはりノートはない。どこにしまったのか。はっと閃《ひらめ》いて、タンスの三段目を開ける。おばあちゃんが、母は大事なものをタンスの三段目に隠すと言っていた。ビンゴ。ノートがあった。音を立てないように部屋を出て賢人に渡す。受け取った賢人はものすごい勢いでページをめくっていく。ちゃんと読んでいるのか不安に思ったが、目玉が上下に激しく動いている。その眼光は鋭く、普段の賢人からは想像がつかない顔つきになっていた。次々とページを繰って読破していくさまは、かつて神童・秀才と呼ばれた賢人が覚醒《かくせい》したかのようだ。速読術でも身につけていたのだろうか。だがそんな賢人の手が一瞬止まった。もしかしたら自分のことが書かれた箇所を目にしたのかもしれない。だがすぐにまたもとのスピードに戻りどんどん読み進めていく。唖然としていると、賢人はシャツの胸ポケットからスマホを取り出し、これまた高速の指使いでなにかを調べ始める。いつの間にか賢人がスマホを持っていることに驚いたが、今はそこじゃない。賢人はスマホを傍らに置くと、またノートの続きを読み始めた。せわしくノートをめくる音だけが続く。息を呑むようにして賢人を見つめる。しばらくしてから「うーん」と唸って賢人が三冊目のノートを閉じた。信じがたいが、一時間もかからずに賢人は三冊すべて読破したようだった。

「だ、大丈夫？」

「いや、君の話を聞いて、違和感というか引っかかるところがあってそれを確かめたかったんだ」

「どういうこと？」

「うん、この日記の後半部分、正さんの死をめぐってのいきさつ、ここに強い違和感があって。タツヨさんは正さんが自分が自殺したことをわからせるためにメガネをケースに入れて残したって思い込んでいるけど、でも正さんがそんなあてつけのようなことをするかな？　正さんの性質、人柄を考えると、どうしてもそこが腑《ふ》に落ちなくて」

確かにそうだ。実は私も昨夜読んでいる時、なにか引っかかるような、消化できない気持ちの悪さは感じていた。だけどおばあちゃんの心情の吐露に感情が持っていかれてしまい、その正体を突き止める余裕がなかった。だが冷静になってみると確かにそうだった。

「もし正さんが本当に自殺しようと決意していたのなら、むしろそうとは思われないようにしたんじゃないかな。残されたタツヨさんを長く苦しませるようなことはしなかったんじゃないか。そんな底意地の悪いことをするような人には思えないんだ」

「でも、じゃあメガネはどうして」

「そこなんだけどね、これはあくまで俺の推測だけど、タツヨさんのお兄さんは正さんの死後、通夜や葬儀、そのあとの引越しやらすべてやってくれたんだよね。だからタツヨさんの家には自由に出入りできた。メガネケースを持ち出すのなんか簡単なことだったたんじゃないかな」

「な、なんでそんなことを？」

「タツヨさんに正さんが自分のせいで自殺したと思わせるため、罪の意識を背負わせるためだよ。君の身内を悪く言いたくないけれど、このお兄さんはタツヨさんが多額の保険金やら見舞金を手にしたことを知っていた。それでどうやったらそれを自分のものにできるか、考えたんじゃないかな。で、正さんを自殺したことにして、それをなにかあった時の切り札にしようとした。それを強く確信したのは、正さんが亡くなる数日前、お兄さんの理髪店に現れて交わしたっていう会話だよ。正さんがこんな告げ口のようなことを、最後の最後にするとは思えない。これ、お兄さんの作り話なんじゃないかな。それこそ死人に口なしで確かめることはできないけど。でもタツヨさんにはメガネの件もあったから、ダメ押しみたいに効いたのかもしれない」

そう言われれば、無口な祖父が最後におばあちゃんのお兄さんに会った時、妙に饒舌《じょうぜつ》でそこだけちぐはぐな感じがする。しっくりこない。おじいちゃんは軽々しくそんなことをしゃべる人ではない気がする。

「なんで、なんでそんな」

「お金は人を変えるから。世の中にはたった数万円のために人殺しをする人もいるんだよ。お金は人を鬼に、いや鬼以上の悪にしてしまうこともあるんだ。お兄さんがどのあたりからそんなことを考えていたのかはわからないけどね。タツヨさんの代わりに警察で遺品を手にした時、はっと閃いたのかもしれない。全部推測、仮説の域を出ないけど」

「じゃあどうしておじいちゃんはあの日、行ったこともない町で事故に遭ったの？」

「そこなんだよね、一番の問題点は。正さんが車に撥ねられたのは松尾市の岩浜町ってあったよね。聞いたことあるなあ、と思って調べてみたら、昔からすいかの栽培が盛んなところだったんだ」

「えっ、すいかの？」

「そう、タツヨさんが若い頃からすでに産地だった。タツヨさんのノートには、事故に遭った現場は、畑の続く一本道ってあったけど、おそらくすいか畑だよ。あの日、正さんはふと思いついて、すいかを手に入れようと岩浜町へ行ったんじゃないかな。すいかの好きなタツヨさんのために。でも正さんはお金を持たされていない。だから日が暮れるまで待ってすいか畑に忍び込んで」

「えっ、ちょっと待って。それってすいか泥棒、つまりおじいちゃんはすいかを盗もうとしていたってこと？」

「そこまでじゃなくても、例えば農家さんは、キズモノだったり規格外の果物や野菜を畑の隅に放っていたりするんだよ。小さい頃家族と三浦《みうら》に遊びに行った時、すいか畑で働いている農家さんがいたんで、父がその人に声をかけて直接すいかを売ってもらったんだ。そしたらそのかたが『これ、キズモノだけど持っていくかい？』って言っていくつか脇に転がしてあったすいかをくれたんだ。中は普通に食べられる美味しいすいかでね。もしかしたら正さんはそういうのを拾いに行ったのかもしれない。子供のような人だから、ふとそんなことを思いついて、ふらりと岩浜町へ行ったとしてもおかしくない。でもどこかにやましい気持ちはあるから、畑に入ってすいかを探している最中に、さっと人影がさしたり、物音がしたり、あるいは野良犬に吠えられたとかで驚いて道路に飛び出して、そこに車が猛スピードで走ってきたとしたら？　向こうは酔っ払い運転だから記憶は確かじゃないし、カバンが無傷だったのも説明がつく。すいかを物色している時はカバンをどこかに置いていたろうし」

「メガネは？　メガネも無事だったんだよ」

「車に当たった瞬間に草むらに吹っ飛んだとか。両脇を草に囲まれた一本道なら可能性はないわけじゃない。もしかしたら遺品を受け取ったお兄さんが、傷のついたメガネを無傷のメガネとすり替えたってことも考えられる。よく似たメガネと。全部俺の推測で、ちょっと無理があるところもあるけど、でもそう考えたほうがしっくりくるんだよ」

「そんな、そんな、じゃあおばあちゃんは。ずっと苦しんでいたおばあちゃんが報われないよ」

「事実はどうあれ、その人がそう信じ込んだら、それが真実になってしまうんだ、その人にとっての。俺の推測だって俺がそう信じたい気持ちが根底にあるからそう思えるのかもしれないし、世の中はこんなふうに答え合わせができないことばかりだよ。多くの人は、答え合わせができないまま、わからないまま、死んで行くんだ。だから花ちゃんも自分が信じたいことを信じればいい」

「でも」

そのあとが続かない。言葉が見つからない。今の私には処理できない、大きすぎる課題だ。だけどやっぱりあのあとおばあちゃんを捜し出して、会って、苦しみを打ち明けてもらえばよかった。私にだってできることはあったんじゃないか。でももう遅い、なにもかも。再び背中を賢人の手が軽く叩く。

「人って怖いね。欲のために恐ろしいことをやってしまうのも怖いし、兄弟でも親子でも心の奥底ではなにを考えているのかわからなくて怖い。そのわからなさが怖い」

また泣き声になってしまった。

「そうだよ、自分のことは自分が一番知っているっていうのは本当だけど、自分で自分がわからないっていうのも本当だよ。あとから考えると、なぜあんなことをしてしまったのか、できてしまったのかわからない、自分で自分が恐ろしいってことがあるんだよ。人間にはそういう『魔の刻《とき》』が人生で幾度かあるんだ」

おばあちゃんのあの夏の夜は、「魔の刻」だったのだろうか。

私にもこの先、そんな刻が訪れることがあるのだろうか。

「でもなにより悲しくて虚しいのは、人と心が通じ合わない、わかりあえないってことだよ。おばあちゃんもおじいちゃんも、おばあちゃんの両親も兄弟も、それから私のお母さんも、なにかが少しずつずれて、行き違って、おかしくなって、心が通じ合えないまま歳月が過ぎて、大切なことに気がつくのはいつもずっとあとで、だけどその時にはもうどうにもならないなんて」

「そうだね、でもだからこそ人と心が通いあった時は、嬉しいし尊いと感じられるんじゃないかな」

賢人がまた遠くを見ながら言う。もやがかかったように景色の輪郭が霞《かす》んでいる。東京の夏はいつもこうだ。

膝の上のノートを見る。やっぱりこのノート、母は読まないほうがいいんじゃないか。それを言うと賢人は再び顎に手をやり、首をひねる。

「そうかな。タツヨさんは普段から身の回りの片付けを積極的にやっていたんだよね。このノートだって、もし本気で真千子さんに見られたくないと思ったら、亡くなる前に処分してたと思うんだ。でもそれをしなかった。自分の死後、これを見つけて中を読んだ吉澤さんが、彼女の性格からして破棄できずに真千子さんに届けることは容易に予測できたんじゃないかな。タツヨさんは知って欲しかったのかもしれない、真千子さんと花ちゃんを思う自分の気持ちを」

「そうかな。そうなのかな。でも」

わからないことだらけで、頭がはちきれそうだ。だけどこれもまた答え合わせができないのだろう。でもそれができなくても、ずっと考え思い続け、抱えていかなければいけない。

夏空を見上げる。眩しい。涙の滲む目だから尚更だ。

昼間、星が見えないのは、星が空からいなくなったんじゃなくて、太陽が昇って空が明るくなったから見えないだけだと知った時は驚いた。見えなくてもそこにいる。消えたわけじゃない。

青空の奥に星はいる。

見えない星たちに願う。

おばあちゃんとおじいちゃんの魂の行方を。

今の私にできることはこれだけ。

ふたりの後ろ姿が浮かぶ。見たこともない祖父の若い背中。祖母の豊かな黒髪。手をつないだふたりの真ん中には、網に入ったすいかが下がっている。ふたりは歩いていく。光の中を。

その残像はいつまでも消えなかった。

本作品はフィクションであり、登場する人物・団体等は実在するものとは一切関係ありません。

本作品には、現在の倫理観や人権感覚から見れば、不適切と思われる表現がありますが、過去にはそのような差別的発言が日常にあったことを描くためのものであり、著者に差別的意図はありません。

本作品は書き下ろしです。

装丁　山下知子

鈴木るりか（すずき・るりか）

２００３年東京都生まれ。小学四年、五年、六年時に三年連続で小学館主催の「12歳の文学賞」大賞を受賞。２０１７年10月、14歳の誕生日に『さよなら、田中さん』でデビュー。12万部を超えるベストセラーに。２０１８年『14歳、明日の時間割』、２０１９年『太陽はひとりぼっち』、２０２０年『私を月に連れてって』を刊行。近著は２０２２年2月に現役受験生として刊行した『落花流水』。現在、早稲田大学二年生在学中。

編集　片江佳菜子

星に願いを

二〇二三年十月十七日　初版第一刷発行

著者　鈴木るりか
発行者　石川和男
発行所　株式会社小学館
〒一〇一－八〇〇一　東京都千代田区一ツ橋二－三－一
編集　〇三－三二三〇－五八二七　販売　〇三－五二八一－三五五五
ＤＴＰ　株式会社昭和ブライト
印刷所　大日本印刷株式会社
製本所　牧製本印刷株式会社

ISBN 978-4-09-386697-2